愛情有賺有賠
下
戀愛有賺有賠，記得設好停損點
子陽
illust.Gene
U0000508

Contents

第一章

走進五星級飯店，大廳的燈光過於刺眼，楊明熙瞇起眼。

他已經不記得自己上次帶人來開房間是什麼時候了，或許沒過多久，但是感覺已經過了好久。「感覺」是一種不準確的東西，就像愛情。

「我怎麼會有這種感嘆呢？」

楊明熙有點搞不清楚自己在想什麼了。反正，就是覺得胸口悶悶的，很想嘆氣。

「楊少爺！」

飯店經理親自出來迎接，但楊明熙不想握手，只是點頭致意。

「還是一樣的房間嗎？」

「不，我只是來喝咖啡的。」

「要幫您拿上去嗎？」

「我沒有要過夜。」

「啊哈哈哈……」

經理尷尬地笑了笑，這才意識到楊明熙是一個人來的，時間也不對。

現在是下午，通常這時候是退房的時間，楊明熙帶人來開房的時候都是晚上。

經理將楊明熙送到咖啡廳，並很快用平板查了訂位資料，再親自為楊明熙帶位。

楊明熙還沒走到座位上，光看到那已經坐在位子上的背影，心裡就有預感，這場「相親」

應該很快就會結束。

那背影是個男人，楊明熙坐下來，點了一杯咖啡。

「我是來見陳書妍小姐的，請問你是……？」

「我是她弟弟。」

「喔……」楊明熙大概心裡有數了，「如果你是替你姊姊來拒絕我的，嗯，可以，就回去跟長輩說兩人不適合就好了，我也會說同樣的話。」

幾天前，爸爸打電話來說「有個朋友想介紹她女兒給你認識」，楊明熙收到了時間、地點，也依約來了，但人家女兒不一定想認識他。

這沒什麼，真的沒什麼。

他才不是因為好像被某人忽略了就自暴自棄，來參加一場自己並沒有意願跟對方深入交往的相親。他也不是會聽爸爸話的小孩，怎麼可能會因為爸爸叫他做什麼就乖乖照做呢？純粹是因為這裡的咖啡師有得過獎，他才來的。

「你可以走了。」楊明熙調整了一下坐姿，沈入椅背，「我要把咖啡喝完。」

陳小弟顯得侷促不安。他年紀輕輕，可能十九、二十歲左右，身上有大學生青澀的影子，全身都是潮牌。

楊明熙不知道對方還不走是什麼意思，但他並沒有想認識對方，「你還有事嗎？」

「我聽說你很擅長投資——」

「不好意思。」楊明熙故意叫來服務生，「我的咖啡什麼時候會好？」

服務生說會去問一問，服務生走後，楊明熙不得不看向陳小弟。

……那種有求於他的眼神，他再熟悉不過了。

「我聽說星海集團的股價會那麼硬，是因為背後有你！」

「『因為有你』這句話，聽起來好像在告白，不適合對我說吧？」楊明熙不禁訕笑。

「你是星海集團的主力對不對？」

楊明熙慢慢收起笑容，「如果你是星海集團的股東，對公司有任何問題，請聯絡ＩＲ（投資人關係）部門，他們有專員會和你聯繫。」

名義上，楊明熙沒有在星海集團任職，所以他不會，也不能代表公司發言。

咖啡來了，楊明熙先聞了聞，真香。

「不，我不是星海集團的股東，你們的股票根本漲不動……」陳小弟馬上就意識到自己講錯話了，「我想說的是，主力大哥，請你救救台股吧！」

楊明熙差點嗆到。

他放下咖啡杯，拿紙巾摀著嘴，「你說什麼？」

「我的損益已經綠到有牛在上面吃草了！」

「……」

近日來，台股大盤跌跌不休，和前陣子的情況截然相反。前陣子是股票大漲，大家都賺到手軟，如今潮水退了才知道誰沒穿褲子。

「你可能有什麼誤會……」楊明熙覺得自己很委婉了，「我不認識你，我想要好好品嚐這杯咖啡，你可以不要打擾我嗎？」

好吧，並不委婉，但他相信自己的意思有傳達出去。

「前陣子在高點的時候我沒出掉，如今說跌就跌，就像龍捲風，到底還要跌到什麼時候？你不是主力嗎？為什麼要讓股票跌啊？」

對方的話裡有太多能吐槽的地方，楊明熙已經不知道要先吐哪一點才好了，只能嘆氣。

他又不是聖誕老公公或媽祖，能讓大家許願。

「有哪一條法律規定，股票只准漲，不准跌嗎？」

楊明熙用力放下咖啡杯。他這陣子也很委屈，都怪那該死的股票，某人說了毀謗他的話，到現在都還沒來跟他道歉！

「自己買的股票，自己負責，難道你賺了錢會分給我嗎？」想起那個沒來道歉的某人，楊明熙的不悅都表現在臉上，「現在就是空頭走勢，不會跟著去放空嗎？」

「呃……」陳小弟愣住，「放空是……什麼？」

「反正不是叫你把腦袋放空！」

「所以放空是什麼啊？」

「我是來幫你上股票常識課的嗎？」

楊明熙突然很想把咖啡潑過去，但他冷靜下來，知道不該對無關的人遷怒。

於是，他換了較為心平氣和的口吻，至少他裝得出來，只要不想起某人就好了。

「陳小姐的弟弟，我不知道你是從哪裡聽來關於我的事，但是我可以告訴你，那都不是真的。如果你在投資上遇到了什麼問題，我勸你還是回去找爸媽，他們能提供的資源一定比我還多！」

咖啡才喝了幾口，但楊明熙不想跟對方再耗下去。

可惜了這杯咖啡，很香，但時機不對。

「不行，你不能就這樣走！」

眼看楊明熙就要走人，陳小弟突然站起來，拉住楊明熙的手臂。

因為他的聲音和動作都太大，瞬間引起周圍人們的關注。

「主力大哥，拜託你救救我！我自己的兩百萬，還有跟媽媽要的四百萬，現在都少一個零了啊！」

陳小弟見只拉手臂不行，跪下來改抱住楊明熙的大腿。楊明熙頓時全身起雞皮疙瘩，非常想把這個人踢開。

「放手！」

「我不能讓我爸爸知道！明明之前都還有賺的啊啊啊啊……」

「請你放手！」

「我爸會殺了我，他會把我丟到國外，讓我一個人在語言不通的地方自生自滅！」

「放開我！」

楊明被劫持了一條腿，這時才不想管股票是漲是跌，咖啡廳裡的人都在看他，他覺得很丟人！

「主力大哥，我求求你了，請你救救我！」

「你現在是在把你的眼淚、鼻涕，都擦在我的褲子上嗎？」

「咦？」

「吸回去！」楊明熙一點都不想在公共場所碰到陌生人的「體液」，「你知道我等一下還有很重要的事嗎？我這套西裝是新買的！」

「你不是來跟我姊相親的嗎？難道相完了親，你還要去找別人？」

陳小弟看楊明熙的眼神瞬間像在看一個渣男。

楊明熙現在很想踹人，「都什麼年代了，相完親當然可以去找別人！難道你覺得我第一眼看到你姊姊就會喜歡上她嗎？」

「我姊是名校畢業的，在大企業上班，是個好女人！如果不是因為股票的事，我今天是不會來找你的！」

「是喔是喔，快點放手！你要抱我的大腿到什麼時候？」

楊明熙已經在崩潰邊緣了，咖啡廳裡的客人都在看他們。

應該訂包廂的……

經理過來勸架，請他們不要妨礙到其他客人。

陳小弟知道自己錯了，低頭向楊明熙道歉。楊明熙也不想從對方身上得到什麼，就讓這件事這樣過去了。

「楊少爺，不然我們去換個衣服，看您喜歡哪個品牌，我替您把人叫來。」

楊明熙搶過服務生手上的酒精瓶，在自己的褲子上猛噴，陳小弟雖然自知理虧，但他還不願離去。

楊明熙瞥了陳小弟一眼，這麼小就對投資有興趣，讓他想起了以前的自己。

每個人都會有「看錯」的時候，有時候遇到大回檔，跌個百分之十、百分之二十都有過。一萬塊的百分之十跟一百萬的百分之十是不一樣的感受，所以將錢放在股票市場裡的風險其實很高。

「你買了什麼？」楊明熙問。
「我幫你看一下，你買了什麼。」
「……？」
陳小弟露出喜出望外的表情，楊明熙趕緊補刀。
「我先聲明，我的意見只是我個人的想法，不構成投資建議，不代表任何立場，你要做什麼決定都要由你自己負責。」
「嗯！嗯！」
雖然不懂楊明熙為什麼要強調這些，但看到楊明熙對自己釋出善意，陳小弟還是很高興。
他打開手機ＡＰＰ，讓楊明熙看他的投資記錄。
「……」楊明熙越看，臉色越複雜，「你這個……」
「該不會沒救了吧？再這樣跌下去是要下市了嗎？這不合理啊！」
「你這是詐騙耶。」
「什麼？」
「你買的這個不是台股，下單的程式也有問題，上面顯示你上個星期有賺錢，但你有真的拿到錢嗎？」
「它這個是虛擬帳戶，群組裡的人說……」

「我覺得你還是報警比較好。」楊明熙把手機還給陳小弟，「這我真的不行。」

「什、什麼……」

「你還是去請律師吧。」楊明熙大步離開咖啡廳，並對經理道：「幫我開個房間，我要換衣服。」

$ $ $

前往下一個行程的途中，因為有完成自己預定的目標——喝到咖啡，楊明熙的心情還算不錯。

梁孝鴻這邊剛忙到一段落，來問他還要不要蜂蜜和農產品？他可以多寄幾箱到楊明熙的辦公室，或是寄到楊明熙提供的那個地址——高景海的地址。

楊明熙立刻回答：不用了！

都用那種方式分開了，還寄蜂蜜給他幹嘛？

楊明熙想到就來氣。

他滑著手機，除了爸爸在家庭群組裡問他幾點會到，都沒有收到其他訊息。

「為什麼不來跟我道歉？錯的人要先道歉啊！」

楊明熙看著高景海的對話視窗，卻始終捨不得把對方按封鎖或關掉通知。

「有哪條法律規定我不能低買高賣了嗎？該死……」

楊明熙把手機丟到旁邊的座位，看著窗外。但手機螢幕因為有通知而亮起，他馬上又把手機抓回來。

點看螢幕一看，是趙祕書傳資料過來。

「這個人的工作效率也太好了……」

楊明熙嘆了一口氣，又把手機放到一邊，不想看資料了。

那天分別之後，他原本想把禮物統統丟掉，但是蛋糕丟了感覺很浪費食物，他就把東西統統送給金司機了。金司機要吃掉、丟掉還是拿去送人，他都不管，反正至少「浪費」不會發生在他身上。

從事公益活動多年，楊明熙看過很多同溫層以外的狀況，知道不是每個人都有辦法吃得像他這麼好，讓他在吃的方面會盡量避免浪費。

倒是那束玫瑰，畢竟是不會枯萎的不凋花，總覺得可以放久一點，也令人覺得這段感情也許可以持續得久一點……

如果當初有留下一朵就好了。

楊明熙來到父母家——正確來說，是生父和繼母的家。

他早到了。

「明熙！」

「爸。」

繼母徐淑雅在廚房張羅晚餐，聽到有人來的聲音，她端著餅乾和茶走出來。

「明熙，晚餐還沒好，你先吃點點心。」

「媽。」

「快坐快坐，跟你爸爸聊聊天。」

徐淑雅穿著深綠色的洋裝，臉上化著淡淡的妝，脖子上戴著一條珍珠項鍊。她從不計較楊明熙有沒有叫她一聲「媽」，但楊明熙看到她還是會這樣喊，不為什麼，就為禮數。

「哥哥怎麼那麼好？只有他有餅乾！」

這個家最小的女兒楊憶玫穿著粉色洋裝，看起來就像個小大人。

楊明熙面帶微笑，把提著的紙袋交給妹妹，「送妳。」

楊憶玫從紙袋裡拿出盒子，看到上面印的圖樣，眼睛馬上亮了起來，「哇啊啊~~冰〇奇緣的城堡！」

「明熙，人來就好了，怎麼還帶禮物呢？讓你破費了。」徐淑雅寵溺地摸著女兒的頭，「憶玫，要跟哥哥說什麼？」
「你可以幫我組裝嗎？」
「憶玫！」
「好啦，謝謝！」
楊憶玫抱著盒子，蹦蹦跳跳地回房間去了。
「廚房還在燉湯，我先去看看。明熙，你坐著吃，不要客氣。」
廚房都有傭人阿姨在顧，徐淑雅是刻意把空間留給丈夫和楊明熙的，兩個男人也都懂。
「明熙，感覺我們好像很久沒見了，你最近好嗎？」楊爸看到電視新聞上在報導亞洲股市下跌，包括韓國股市、日本股市都在跌，他馬上轉台，「哈哈……你工作上沒遇到什麼事吧？」
「沒有，都跟平常一樣。」楊明熙拿起一片餅乾，咬了一口，「嗯……這挺好吃的，不會很甜。」
「淑雅買的，她現在要買什麼都從網路下單，有時候買的這些零食、水果都很好吃，水果也很新鮮，說是產地直送，都沒有壞掉，很甜呢！」
「我也會從網路買水果。」
「現在時代不一樣了……」長輩不免都要感嘆一下。

「大哥！」

「易軒。」

三弟徐易軒在這時走進客廳。

他稱呼楊明熙一聲「大哥」，楊明熙也面帶微笑，回稱對方的名字。

徐易軒把單寧襯衫當外套穿著，裡面是一件白色T恤，跟他媽媽比起來，總括比較隨性。楊明熙則穿著深色的格紋休閒西裝，雖然這不是正式場合，但他的服裝一看就是要外出，而不是「回家」。

「大哥，我有件事要跟你商量，看你有沒有興趣。」

「什麼事？」

徐易軒很快跑回房間，又跑出來，手上拿著一本資料夾。

楊明熙手上拿著餅乾，「這是什麼？」

「你知道泰國的經濟特區嗎？我們有工廠設在那裡，但是，光是做代工能賺幾毛錢？我們必須想遠一點、眼光放遠一點，這是一種創新科技，會帶來上億美元的收益！」

楊明熙翻開資料夾，隨意看了幾頁。

簡報都用英文呈現，統計圖、圓餅圖、報表都有。做簡報從來都不是楊明熙的事，因為有祕書幫他弄好，所以他一直很佩服能把簡報做得很漂亮的人。

徐易軒的眼神裡閃耀著期待，楊明熙心裡卻閃過一絲不對勁，但他臉上還是保持著禮貌性的微笑。

「爸，晚餐還要很久嗎？我有點餓了……」

「你不是在吃餅乾嗎？」楊爸也拿了一片餅乾來吃。

有時候，楊明熙會搞不懂爸爸是真不懂還是假不懂。

「我去上個廁所。」他把資料夾還給徐易軒。

晚飯準時六點開席，徐淑雅的大兒子徐耀翰從書房走出來，同樣也跟楊明熙打了聲招呼。

一家人坐到餐桌前，講最多話的就是楊憶玫。

「我們今年要去哪裡玩啊？班上同學都在說誰誰誰要去美國、誰誰誰要去英國了，我們家呢？」

「憶玫，爸爸還沒想到耶，妳要幫爸爸出一些點子嗎？」楊爸在小女兒面前彷彿年輕不少歲，連語氣都變了。

「那我們去美國好不好？大哥不是每年都會去美國嗎？我們也跟他一起去好不好？」

「憶玫，吃妳的飯。」徐淑雅輕輕皺眉，一邊幫女兒夾菜。

楊明熙每年都會回去見生母一家人，回來時會帶一點伴手禮。

楊明熙的外公在世界各地都有房產，但他們一家人長住的別墅就在美國，這才讓楊憶玫有一種「大哥每年都去美國玩」的印象。

「大哥，我想去迪〇尼樂園，你帶我去啦！」

「我一個人的話，想去哪裡就可以去哪裡，可是帶著妳的話……妳不是要上鋼琴課，還要補習嗎？」楊明熙是故意這麼說的。

楊憶玫嘟著小嘴，「出去玩的時候才不會管那些呢，對不對，媽咪？」

「憶玫，讓大哥吃飯，大哥難得回來一趟，妳不要一直吵他。」

「沒關係。」楊明熙這麼說，徐淑雅才露出抱歉的微笑。

童言無忌，楊憶玫不知道楊明熙的身世，她甚至不知道為什麼兩個哥哥姓徐。在她小小的世界裡，只要能坐在一起吃飯的，就是家人。

楊明熙也知道妹妹不知道，但這種事不急著跟妹妹說，她還小。

「所以……大哥，你覺得怎麼樣？」徐易軒突然問。

話題一瞬間被改變，氣氛彷彿也變了。

「什麼怎麼樣？」楊明熙其實知道對方在問什麼，但他裝作沒聽懂。

「你有興趣投資嗎？」

徐易軒此話一出，不包含楊憶玫，全場彷彿都在看楊明熙的臉色。

楊明熙也看了所有人一眼，他提醒自己，語氣要溫和：「不，我沒興趣。」

「這項技術會改變人類的生活，同時也會帶來收益。未來是掌握在我們手中的，你看不出這裡面的創意和創新嗎？」

楊明熙不想說，但他還真看不出來，「你在泰國的業務怎麼了嗎？」

「啊？」徐易軒一愣。

「我對泰國的局勢不是很了解，所以我不敢亂說，但這份投資計畫在我看來就是浪費紙、浪費墨水，虧你還把它印出來。」

「你怎麼能這樣說？」

「怎麼樣？」太嗆了嗎？但楊明熙沒打算忍著。

「時代進展那麼快，如果我們不抓住創意，就像浪費一顆顆的幼苗，幼苗以後都會長成大樹，種子已經散播在我們的生活中了，我們要做的就是緊緊抓住它啊！」

「……」楊明熙看著徐易軒。

這番話放在演講舞台上，應該會獲得掌聲，但他心裡想的都是吐槽。他瞥了爸爸和繼母一眼，他們都低頭吃飯……事有蹊蹺。

爸爸應該不會不知道這件事，但他們都悶不吭聲。

「我覺得散播在我生活中的，應該是 PM2.5。」楊明熙冷冷回應。

「……」楊爸差點沒笑出來。

「東南亞又被稱為新興市場，大哥你一定知道，他們的金融期貨商品隨著經濟發展不斷成長，是一塊很有潛力的地方！」

「我不喜歡，我沒興趣，我不想買。我的話有很難懂嗎？」

「大哥——」

「你再問下去就太難看了。」徐耀翰似乎覺得火還燒得不夠旺，「我也不懂泰國的東西，但這陣子股票跌得那麼慘，大哥的手上還有閒錢嗎？」

「耀翰！」

徐淑雅臉色一沈，但徐耀翰無視母親勸阻的表情。

楊明熙很想笑，因為這實在太好笑了。他不需要把錢拿出來，只為了證明他有錢！

「大哥應該對你的事業不感興趣吧？」徐耀翰看著徐易軒，「他只會炒股，都沒有坐過一天辦公室的人會懂公司經營嗎？」

楊明熙有太多想反駁的話了，例如：我怎麼會沒有坐過辦公室？我平常坐的地方，不是辦公室嗎？只要在辦公，哪裡都是辦公室！

什麼叫只會炒股？你知道炒股是多高端的技術嗎？還有，什麼投資計畫？以為我看不出來這是變相在跟我要錢嗎？

楊明熙不能把自己心裡想的照實說出來，因為說了會讓餐桌上的氣氛變差，也會徹底戳破這重組家庭的最後一層面紗，但他又不想委屈自己。

「憑你手上那一點點業務，我用錢就可以買下來，再請一個比你優秀的專業經理人，也許在經營團隊換人後，股價才會漲！」

說的人無心，但聽者有意，這些話隱含了兩種層面，一是楊明熙知道徐耀翰手上有哪些案子，他知道那些案子的價值，他可以運用的錢完全超過那些價值。二是星海集團的股價「或許」跟他有關。

「……」徐耀翰不說話了。

「大哥，你太在意市場眼光了，這樣不夠瘋狂！創新是要有人去做的，如果大家都照著既定規則走，那我們就會像在原地轉圈的老鼠，人類的發展永遠不能往前，我們怎麼會有更好的生活呢？」

「居然有人說我不夠瘋狂……」

「哈哈，老公，我記得上次有人送了你一瓶紅酒，你說要留到大家一起吃飯的時候喝，現在『就是時候』了。」徐淑雅有意打斷談話。

「對對對，我去拿！」

楊爸去酒櫃拿酒，徐淑雅則起身準備杯子。

「我也要喝！」楊憶玫大喊。

「憶玫，妳喝果汁！」徐淑雅吩咐傭人倒給她。

紅酒上桌，面對山珍海味，楊明熙卻突然沒了胃口。他喝了點雞湯，拿起紅酒杯，就想站起身。

「明熙，你吃飽了嗎？」徐淑雅連椅子都還沒坐熱，就馬上起身，「菜還很多……」

「我沒有很餓。」

「誰叫你剛剛吃餅乾！」楊爸一針見血，頓時讓楊明熙很想回嘴，但楊明熙忍住了，「都幾歲的人了，正餐不吃，就會吃零食！」

「沒關係，等一下餓了再吃。」徐淑雅先把丈夫勸住了，又轉頭對楊明熙道：「要不要給你打包回去，可以當宵夜？」

「好，就那樣……」

繼母盛情難卻，楊明熙也不再推託，但他才剛離開餐桌，便想起這個家裡沒有他的房間，他不能回到房間休息，就只能坐在客廳沙發上。

他拿出手機，還是沒有新訊息。

心情有點鬱悶，但楊明熙不想深究原因，他只當作這是現代人的文明病，就是三不五時想要碰一下手機。

他才不想承認自己就是在等某人的訊息。

——都不來道歉是怎樣？

「明熙，你去見我朋友的女兒了嗎？感覺怎麼樣？」楊明熙離開之前，楊爸追到玄關，開口問道。

「我沒有見到她，但我見到她弟弟了。」

「你為什麼會去見人家的弟弟……」楊爸的心情有點複雜，但他盡量不表現在臉上。

其實這些年來，他不是不知道楊明熙的偏好。楊明熙是他一手帶大的兒子，他認為自己很瞭解他，甚至比他生母都瞭解他。楊明熙平常根本不會把長輩的話當一回事，這次肯乖乖地去相親，不就代表他懂大局，知道怎麼做才是對的嗎？不然有什麼理由能讓他付諸行動呢？

「明熙，書妍是個好女孩，我見過她一兩次，她把公司管理得很好，我想你們一定很聊得來。」

「我又沒有坐過辦公室，怎麼會知道要怎麼管理公司？又有什麼好聊的？」

「哈哈……」楊爸尷尬了，「明熙，有些話不能放在心上……」

「我知道。」楊明熙慎重回答，臉上毫無訕笑之意，「所以我也老實告訴你了，我沒有見到陳小姐，我見到的是她弟弟，可能陳小姐也不想見我吧，你們長輩就別勉強了。」

「你見到書妍她弟弟時，你們有聊什麼嗎？」楊爸還是很在意……

「他把我褲子弄髒了。」

「什麼？」

「他把一些不堪回首的液體噴到我身上，害我得買一套新的西裝。雖然只有褲子弄髒，但我的褲子跟西裝是成套的，所以我還是買了一套新的——」

「等一下，他把什麼噴到你身上？」

楊爸的心臟怦怦跳，他覺得自己的血壓好像升高了！

楊明熙也一臉困擾，「從身體裡……流出來的……」

「夠了！」

「嗯，那我走了。」

「你回去路上小心。」

楊明熙走後，大門關上，楊爸失魂落魄地回到客廳。

「老公，你飯後藥還沒吃喔！」徐淑雅又端出了一盤水果，茶几都快放不下了，「咦？明熙回去了嗎？要給他帶回去吃的他都沒拿——弟弟，你幫我打給明熙，看他是不是到停車場了，你把東西拿下去給他——老公，吃藥！」

「媽，妳可不可以來幫我組裝？」

「憶玫，媽媽在忙！弟弟，打給明熙！」

「媽，大哥說不用了。」

徐易軒沒有打電話，而是用傳訊息的方式，楊明熙秒回，讓他有點嚇到。

楊明熙該不會一直盯著手機吧？

$ $ $

楊明熙就是一直盯著手機沒錯。

他回到家，面對一個空蕩蕩的房子，心好像也空蕩蕩的。

「這要持續到什麼時候？」

他又想起了高景海，至少那時候，還有個人能跟他說說話。

家裡的窗戶關得嚴嚴實實，把外面的聲音都擋住了，因此，楊明熙沒注意到大樓底下有一輛救護車、一輛消防車呼嘯而過。

跟著救護車和消防車穿越大街小巷，就會來到一棟普通的民房。在民房的頂樓，有一名男子站在女兒牆外，不斷大叫著：「不要過來，你們再過來，我就跳下去了！」

底下已經鋪了氣墊，消防員一邊勸說一邊想找機會拉住男子，但男子神情激動。

「沒了……我什麼都沒了！輸了好多錢……哈哈、哈哈……再跌下去我也不要活了……」

「先生，先生你冷靜一點，有什麼話不能好好講呢？」

「你們不會了解的……我曾經有過那麼多……是兩倍、三倍啊哈哈哈……」

「先生！」

第二章

叮咚——

某天晚上，門鈴響起，楊明熙從對講機裡看到門外站著的人是高景海。

還沒想太多，楊明熙一打開門，迎面而來的就是高景海的吻。

那一吻綿密又深長，在嘴唇觸碰到的時候，楊明熙可以瞥見高景海閉著眼時闔著的睫毛，他不知道那雙眼睛是否沾染過淚水，但如今看起來有些濕潤。

高景海雙手抓著楊明熙的襯衫前襟，有意把自己的重量倚向他，彷彿要將自己的煩惱也一股腦地傾向他。

更重要的是，楊明熙任由他這樣做。

楊明熙任由高景海的舌頭恣意探入他嘴裡，在一個吻還不夠的時候補上下一個吻。

他任由高景海親吻他的嘴唇、臉頰、下巴、喉結。

他任由這個人抱著他，一邊親一邊把他按在玄關的牆壁上。

只因為這個人不是別人，是高景海。

「你是怎麼進來的？」楊明熙低聲問。

「樓下的警衛認識我。」

「你怎麼讓他們認識你的？」

像楊明熙住的這種豪宅，管理森嚴是基本配備，二十四小時輪班站崗的警衛要確保沒有閒雜人等進入，就算是在附近閒晃，警衛都會多留意一下。
如果高景海要來楊明熙家，正常程序應該是由樓下警衛撥對講機上來，確認這個人是訪客才能放行，不會直接讓高景海出現在楊明熙的家門前。
「你也沒穿外送的衣服……？」
楊明熙是叫外送的常客，因此警衛會直接讓外送員上樓。
「我不需要偽裝成外送員，你知道為什麼嗎？」高景海雙頰微紅，嘴唇也紅紅的，一雙晶亮的眸子望著楊明熙，「我說我是你叫的『小姐』。」
楊明熙聞到了些微酒氣，微微蹙起眉，「這理由有用？」
「我說我想給你一個驚喜。」高景海仰起脖子，深深望進楊明熙的雙眸裡，「你覺得警衛會冒著破壞住戶慾望的可能，以及一不小心會戳破祕密的風險……還是放我上樓，在監視器裡緊盯著我？」
「就算是叫小姐，他們也應該跟我說小姐到了。」
楊明熙有意把高景海抓著他衣服的手拿下來，但高景海還是緊緊抓住。
「哈……你當小姐是外送嗎？」高景海的眼神迷離，說完，又親了楊明熙一嘴，「你還記得我第一次來你家……回去的時候，我沒有讓你送……」
楊明熙當然記得，高景海不讓他送，所以他只能在離別的時候送他一吻。

高景海來的時候，是從地下停車場搭電梯上樓，而且還是由楊明熙扛著，畢竟那時候他醉倒了。但走的時候不一樣，高景海神智清醒，他大可以從一樓走出去，在途中經過管理櫃檯，順便跟警衛打招呼、聊天……

「你那時候就跟警衛勾搭上了？」

「因為我還想再見到你。」

如果他讓楊明熙（的司機）送他回家，就不會有經過一樓大門的機會。

如果他沒有打通警衛那關，就不會有出現在楊明熙家門前的機會。

楊明熙還真沒想到，高景海會對他耍這種小心機，但他也意外地發現，自己並不生氣，「你有沒有想過一個更簡單的方法？」

「嗯？」

高景海微微噘起唇，眼神無辜，看起來卻像在耍賴。

「就是直接跟我說，你想見我。」

「那我怎麼知道……你會不會拒絕我啊？」

「我有封鎖你嗎？」

「我不知道……我不敢看……」

高景海又吻住楊明熙，他一邊吻，一邊踢掉自己的鞋子。他抓著楊明熙的衣領，推著楊明熙往客廳走。

楊明熙有意把高景海的手抓住，不讓他解開自己的襯衫釦子。高景海不明所以，但他轉而進攻楊明熙的下腹部，想脫掉他的褲子。

楊明熙又把高景海的手抓住，但那雙手就像脫韁野馬一樣，很難抓住。

高景海乾脆開始脫自己的衣服，一把解開領帶，丟到地上。

他一邊親吻楊明熙，一邊脫下西裝外套……

「喂！」楊明熙刻意壓低聲音，「你等一下……」

高景海沒有注意到客廳比以往明亮。

「抱我，明熙，用力地上我，讓我忘掉一切——」

他沒有注意到，客廳裡有很多人。

但他現在注意到了，連酒都醒了。

高景海不知道是因為燈光還是那些人錯愕的眼神，總之，他突然感到一陣頭暈目眩，是楊明熙扶住了他。

客廳裡的人都穿著上班族的衣服，可能是在室內的關係，也可能是因為他們跟楊明熙比較熟，大家都把西裝外套脫下來，領帶塞在口袋。

客廳的茶几上堆滿文件，這些人手上也拿著文件或筆電，一塊電子白板立在旁邊，上面寫滿了英文，一看就不是打砲的陣仗！

「你先去房間等我。」楊明熙在高景海耳邊道。

高景海點點頭，默默走了。

楊明熙轉過身來，對室內眾人一笑，笑得很尷尬，但沒辦法，這時候只能笑了。

「我們今天就先到這裡，加班費我會請趙祕書匯給各位，哈哈，剩下的上班時間再討論，謝謝大家，謝謝。」

「哈哈哈哈！」眾人也跟著笑，陸續離開了。

楊明熙送走最後一人後，回到客廳，滿地都是文件和提神用的咖啡，但他顧不得整理了，先跑回房間。

高景海一個人在臥室裡，心情忐忑不安。他的確是先喝了一點酒才跑來楊明熙家，但楊明熙會有什麼反應是他無法預期的——

楊明熙打開臥室門，氣勢洶洶地走進來。

就在高景海以為自己的行為太超過，楊明熙可能會生氣的時候，楊明熙捧著他的臉，迎面送來一個濕熱的吻。

那一吻，讓兩人都勾起了許多回憶。

不管那些回憶是好的還是不好的，當高景海出現在自己家門前的時候，楊明熙見到了想見的人，好像原本離開他的東西又回來了。雖然這個人還欠自己很多，例如一個道歉，但他可以先放到一邊。

高景海回應著男人的吻，並在對方把舌頭伸進來的時候配合地張開自己的嘴，讓對方想舔哪裡就舔到哪裡，包括他敏感的上顎、他的舌尖……把他的嘴裡弄得亂七八糟，把兩人的唾液都混在一起，把他吻得頭昏腦脹，讓他能名正言順地脫掉自己的衣衫。

「明熙……」

他握著楊明熙的手腕，而楊明熙寬大的手掌正放在他的脖子上，彷彿，要把他的脖子掐住一樣。

「抱我！」

「你為什麼……」楊明熙將自己的額頭靠在高景海頭上。在他撫摸高景海脖頸的時候，高景海也正摸著他的胸口，在解開他的鈕釦，「你為什麼可以把這一切都當作理所當然？」

「……我有嗎？」

高景海靠在楊明熙的頸邊說話，他的聲音卻彷彿是從遠方傳來的。

為什麼會有這樣的差距感？彷彿他不是對著楊明熙這個人，而是在對楊明熙的身體說話。

「我們之間，不就只有那種事嗎？」

高景海的聲音、髮絲都在楊明熙的頸窩磨蹭著，他把頭抵在楊明熙的肩膀上，一邊解開楊明熙的襯衫鈕釦。還沒全部解開，他就迫不及待地把自己的嘴唇，貼到男人結實的胸膛。

「不然，我來找你做什麼呢？」

高景海沒有看到楊明熙的眉頭蹙了一下。

是因為高景海的嘴唇，還是因為高景海說的話，只有楊明熙自己知道。

「我們之間，還有別的嗎？」

他不敢看著楊明熙的眼睛，因為他怕得知楊明熙的想法。

就像他一直不敢傳訊息給楊明熙，因為怕收到或得不到回覆。所以，他只能在脫掉楊明熙的襯衫後，抱住男人溫暖的身軀，就像在寒冬裡的人終於取得了火源。

「明熙，你想怎麼做都可以……」

他小口親吻著楊明熙的脖子、肩膀、鎖骨，手掌貪婪地在腹肌上撫摸，解開褲頭。

「我想要你幹我，讓我腦袋變得一片空白，讓我在你面前只能呻吟，讓我忘記這所有的一切！」

他用呢喃低啞的聲音，將情話變成咒語。

他的手伸進楊明熙的內褲裡，掏出陽物，這沒有一個男人招架得住。

他的眼神變得迷茫，嘴唇變得濕潤。

但當他再次吻上楊明熙的時候，他聽到了楊明熙淺淺的嘆息。

高景海也不禁蹙起眉頭，「我做得不好嗎？」

他的手上下撫摸著慢慢硬起來的陰莖，「用嘴你會比較舒服嗎？」

說完，高景海就跪在地上，張嘴含住前端，一邊舔一邊慢慢把莖柱含進去。

在高景海的嘴裡，楊明熙感受到自己被溫暖包覆著。快感慢慢集中，但他的理智沒有被剿滅殆盡。他一手摸著高景海的臉頰，讓他把頭抬高，一手摸著他後腦勺，把整顆腦袋壓向自己。

「唔……！」

火熱的陽物一瞬間塞進嘴裡，高景海不禁發出細碎的呻吟抗議，但他的聲音彷彿變成了催情的絮語，塞在他嘴裡的東西變更大了。

楊明熙無視高景海發出的聲音，因為如果真的要拒絕，他相信這傢伙有很多辦法拒絕，絕對不會讓人宰割，畢竟他都可以使計溜進來了。

高景海是不是真的跟警衛說自己是他叫的「小姐」？楊明熙覺得這應該不太可能，說是他的商業合作伙伴還比較可信，但如果高景海真的這麼說，楊明熙也不會介意。

一個能放下身段、口齒伶俐的青年，楊明熙很欣賞這樣的反應能力。

他摸著高景海的下巴，摸到流出嘴角的唾液，他可以想像到高景海在幫他口交的表情，一定很迷人。

高景海的確沒有抗拒，他任由楊明熙抓著他的腦袋，把他當成一只可以隨意玩弄的娃娃，但他伸出雙手，往上伸直了雙手。

高景海伸出的手就貼在楊明熙的身上，熾熱的手掌從楊明熙的小腹往上撫摸，因為他閉著眼，看不清楚方向，不知道自己的手要伸得多長，才能抓到楊明熙的心。

但按住他腦袋的手放開了……

高景海可以感覺到自己的一隻手被抓住——楊明熙正抓著他伸出來的手，和他十指交握。那握緊的力道，甚至讓高景海以為楊明熙要射了。

……但還沒。

高景海慢慢張開眼睛，陰莖從嘴裡滑出，雖然它還昂揚著，而且囂張地拍打他的臉頰，但當他抬起頭望向這男人，當他直視這男人雙眼的時候……

他在楊明熙眼裡，看到自己沒有想像過的慾火。

楊明熙拉起高景海，把人丟到床上。

「你想要我抱你嗎？」楊明熙爬上床，抓住高景海的腳踝，「可以，但是我想先搞清楚一件事。你喝了多少？」

「一口而已。」高景海伸出食指比一。

「你是喝了什麼？一口能有多烈？」楊明熙臉上的微笑有些無奈，卻有些甘之如飴。他抬起高景海的一條腿，脫掉高景海的西裝褲和襪子，「你……已經有感覺了嗎？」

「唔……」

城市的夜晚是看不到星空的，但是從楊明熙家的落地窗看出去，由高樓大廈組成的燈光就像星光。作為城市地標的高塔就在遠方，越高越粗壯，象徵著這座城市越加繁華。

繁華是由金錢堆砌起來的，而金錢總是離不開慾望。

沒有拉上窗簾的玻璃窗映出室內兩個人的形影，他們衣衫不整地倒在床上，眼神都真摯懇切地望著對方，卻沒有人願意把心裡的話先說出來。

高景海脫下襯衫，反正它幾乎沒什麼掩蓋作用了，雖然有人喜歡若隱若現的感覺，但現在不需要對楊明熙耍那種小心機。

他的下半身剩下一條內褲，前端有點濕潤。他的確有感覺了，但他不記得是從什麼時候開始的，是在玄關的那一個吻嗎？還是進到臥室以後呢？也許是在楊明熙捧著他臉頰的時候，那雙霸道的手……

他躺在枕頭上，將雙腿抬起來，臀部也連帶抬起，然後慢慢把內褲脫下來。

很慢很慢，就是要故意慢慢脫，慢慢將私密處展露出來……

「你想要插進來了嗎？」

高景海將大腿貼往自己的身體，小腿往上伸展，好整以暇地望著楊明熙。

楊明熙的目光熾熱，彷彿呼出來的氣息也是滾燙的。

他看到高景海對他張開雙腿，那頑皮的小手像在故意指引似的，放到密穴入口。

「我洗過澡了。」

高景海全身的肢體語言彷彿都在傳達：你還在等什麼呢？

對楊明熙來說，確實沒有再等的理由，但一想到先來後到的問題，就讓他心裡出現莫名的醋意。

「你洗過澡，還有心情去喝酒？喝過酒才來我這裡……是釣不到別的男人嗎？」

高景海聽出了楊明熙的話裡有其他情緒，但他只當作是這個男人太會想了。有時候，想太多只會自尋煩惱。

於是，他摸著楊明熙的臉頰，一手摟著楊明熙的脖子，讓楊明熙能爬到他身上，自己也順從地躺到對方身下。他們的下半身互相觸碰，只差沒有達陣了。

「他們都沒有你好。」高景海低聲道。

如果不是在這種情境下，楊明熙聽到這種話，心裡一定會沾沾自喜。

但現在，他高興不起來。

他望著高景海的眼眸，想在裡面找到謊言的證據，但他意外發現高景海說的是真的，讓他的心情變得十分矛盾。

他吻住高景海的唇，發現酒味不知道在什麼時候變淡了，只剩下身體的味道。皮膚上自然散發出來的些許香氣，或許正是洗過澡的證據。

高景海的手往下伸，在兩人一邊接吻的時候，一邊撫摸對方的性器，讓它變得更粗更壯。他的手扶著它，讓它抵在自己的入口，但他都這麼積極了，楊明熙卻一點也不急躁。

楊明熙沒有要往前挺進的意思，高景海不免張開眼睛，眼神裡帶著小小的埋怨，因為他正渴望這男人的陰莖能用力頂進來、粗重地幹他，把他幹到腦袋一片空白，滿嘴只剩下呻吟。

但楊明熙還在擺少爺脾氣，那高傲的貴族氣概，好像有一點粗魯的行徑他都會覺得這是沒品味。平常這可能是一種優勢，畢竟沒有人不喜歡紳士，但高景海就是來討幹的，如今就有些不開心了。

「你要這樣抱著我，一整個晚上都不做嗎？」高景海真不知楊明熙是怎麼忍的。

楊明熙的語氣卻好像這沒什麼，明明下面已經很脹了，「你急著走嗎？」

「不……我想留下來……」

「那你急什麼呢？」

「我想要……快一點嘛……」

「快一點做，不就表示很快就結束了嗎？」楊明熙從床頭櫃摸來了保險套和潤滑液，「你那樣對我，一句道歉也沒有，然後又跑來我家求我幹你……你能怎麼把**我**當作理所當然？好像我一定會答應你？」

「什、什麼……？啊啊！啊……」

高景海不懂楊明熙話裡的意思，但楊明熙如他所願地用力插進去。高景海不禁仰起頭，在疼痛與快感間發出呻吟。

高景海的密穴很緊，把楊明熙的陰莖緊緊吸住、夾住，讓他差一點就要繳械了。

楊明熙皺著眉頭，覺得有一點困擾，但纏人的不僅僅是那密穴，還有高景海的腿。高景海彎曲著膝蓋，雙腿夾在楊明熙的腰上，每頂一次就會跟著動一下。

「啊……啊啊……」

兩人互相配合著彼此的動作，他們都沒想到對方的身體會與自己如此契合，又捨不得這份契合感，因為不知道還會不會遇見這種對象。

楊明熙發現自己很喜歡被高景海纏著，因為那就像……他正被需要著。

而高景海很喜歡被這樣抽插，但不是每個人都一樣——他喜歡的是楊明熙，那時而溫柔、時而霸道的抽插。高景海親吻楊明熙的脖子，小小地咬了一下，但楊明熙並不在意，因為他也會咬回去。

楊明熙規律地做著動作，高景海就緊緊抱著他、夾著他，好像要把他吸到理智到不了的地方。

他們的額頭互相抵著對方，呼出的氣息纏繞在一起，親吻的時候讓唾液混在一起，舌頭互

相舔舐，彷彿在嘴裡挑逗追逐著。

他們一邊擁抱，一邊接吻。

高景海不確定自己有沒有聽到楊明熙的喘息，反正那在快感面前都不重要了，但他聽到自己的。

就在這時候，他可以什麼都不要想……

只要閉著眼睛呻吟，隨著那一下又一下的推進，慢慢攀上快感的顛峰。

高景海空出一隻手撫摸自己的陰莖，楊明熙也在高景海的那隻手離開自己頸背的時候，跟著伸到高景海的下腹，和高景海的手一起握著擼動。

楊明熙沒有再說調侃的話了，沒有像要證明什麼似的胡亂抽插，他知道用什麼方式會讓對方舒服。

高景海半瞇著眼，看到楊明熙跟他一起沈醉的表情。

「啊……爽的不只有我嗎……？」他喃喃自語。

「你現在才知道？」

楊明熙唇邊帶著一抹笑意，讓他看起來很迷人。

「嗯……」

高景海放開自己的手，讓楊明熙來撫摸他，因為他可以信任對方。

而且這樣，他就能空出兩隻手擁抱楊明熙了。

高景海親吻楊明熙的鼻尖、眉眼，乾澀的嘴唇掃過楊明熙的臉，手指也取代他的雙眼，將這男人的輪廓記錄下來。

他親吻楊明熙的額頭，讓楊明熙的頭靠在自己的胸口。他的呼吸變得越來越急促，雙腿也夾得更緊了。

楊明熙在親吻他的胸口，他感覺得到，但他不確定楊明熙能不能聽到他的心跳……

「啊啊！」

楊明熙咬住高景海的乳頭，高景海在呻吟的同時，也把人抱得更緊。如果楊明熙的耳朵貼著他的胸口，就一定能聽到他的心跳，但他的心跳會變得這麼重、這麼快，應該是做愛的關係，因為全身的血液都流得很快。

高景海突然將長腿一抬，身體翻轉過來，變成跨坐在楊明熙身上。屁股裡的陰莖稍微滑出來了，但他很快又把它塞回去。

他一上一下地晃動自己，挺起腰，這樣坐下去的時候才插得深。楊明熙的陰莖插到他最隱密的地方，高景海自己也興致高昂。

他雙手握著自己的性器，依自己最習慣的方式撫摸自己。他上下抽動的時候，彷彿是把對方硬挺的性器當成一個沒有生命的東西來幹自己，舒服地閉上眼睛，叫出聲音。

「啊啊……啊……」

楊明熙抓著他的大腿，但他把楊明熙的手掌拉到自己的胸膛。楊明熙便捏著他的乳頭，讓高景海皺著眉，發出像小貓的聲音。

高景海的臉紅了、肩膀紅了，整個人就像一朵盛開的花，但那朵花結不出果實，那香味、蜜汁彷彿會帶走理智，把碰到它的人都變得亂七八糟。

「啊啊……啊……啊……」

高景海覺得自己快要高潮，就快射了，因此更賣力地晃動身體。突然，他感覺到一陣自己也控制不了的收縮——楊明熙射在了他體內。

因為有隔著套子，所以沒有流得到處都是，但他的精液噴到了楊明熙臉上。

「啊，對不起……」

高景海彎下腰，把沾在楊明熙臉上的一滴精液舔掉。

他那魅惑的模樣、不知道是故意還是無意的眼神……

兩人的嘴唇靠得很近，又不知不覺地吻在一起，舌頭彼此勾引、挑逗。

在高景海吻住楊明熙的時候，楊明熙忽然理解了，自己為什麼會任由這個人對自己予取予求……

因為是喜歡的人。

第三章

高景海做完就睡著了，不管自己身在何方、身邊躺著的人是誰，幾乎昏睡過去。

楊明熙去沖了個澡，回來看到高景海還在睡……而且姿勢都沒變。

「喂……高景海！」楊明熙搖了搖高景海的肩膀，看到他睡到嘴巴開開、很放鬆的樣子，就有點生氣，「喂！」

「啊？」

高景海睡眼惺忪。猛然被搖醒，他一臉搞不清楚這是哪裡。

「你不去洗澡嗎？換你洗了。」

「我還想睡……」

「你不要睡在我床上！」

「那我要睡哪裡？」

「你去睡客房！」

「喔……」高景海從床上爬起，撿起掉在地上的襯衫，「我的褲子呢……」

披著襯衫的高景海，看起來就像弱不禁風的美少年，如果這時候再趕他走，好像就是自己的罪過了……楊明熙心想，自己一定是戴錯了濾鏡，才會把高景海看成弱不禁風。

高景海絕對不是一個弱到會引發他人保護欲的人，不然，他沒有辦法在競爭激烈的金融業生存下去。

但是，披著一條單薄的襯衫坐在床邊，看起來很淒涼的身影還是讓楊明熙偷偷握緊拳頭，覺得難以忍受。

「先穿我的。」楊明熙從衣櫃裡拿出自己的睡衣，丟給高景海，「過來，我帶你去客房。」

「……」

高景海抱著睡衣，默默跟著楊明熙走。

「房間裡有浴室。」

楊明熙打開客房的門和燈，就把人推進去，然後把門關上，好像眼不見為淨一樣。

在客房裡，高景海背靠著門板，睡意全無。

如果剛才楊明熙不叫醒他，他應該可以睡到隔天早上，但都被叫醒了，就突然不想睡了。高景海只好觀察起室內裝潢，覺得這裡好不一樣。

牆壁是讓眼睛很舒服的綠色，天花板畫著藍天白雲，一進門有張書桌，書桌正前方就是窗戶，面對著社區大樓。雖然視野上沒有主臥室的夜景漂亮，但白天會有自然採光，待在室內還是很舒服的。書架上都是小說，架上有一些模型、擺飾，看起來像手工做的，但總括沒有客廳那些擺明就是要招財、貴氣的感覺。

從室內風格和單人床來推斷……高景海認為，這應該是小孩房。

難道是楊明熙小時候的房間？

抽屜裡會不會收藏著楊明熙小時候的東西，像照片之類的？

高景海有了興趣，他換上楊明熙給的睡衣，卻發現沒內褲，剛剛不知道丟到哪裡去了，楊明熙也沒幫他撿回來……算了，先探索再說！

高景海開啟手賤模式，拉開書桌的抽屜，但突然有人敲門。

叩叩——

他立刻躲進被窩裡。

「高景海，你睡了嗎？」楊明熙手上拿著新的內褲。內褲裝在塑膠包裝裡，連吊牌都還沒有剪，「我拿這個給你……」

楊明熙一開門，看到被窩裡已經躺著一個人，背對著門。

「睡了嗎？……怎麼沒關燈呢？」

燈被關掉，就在高景海以為楊明熙會出去的時候，床墊傳來微微的傾斜感。

——他坐下了嗎？他現在是坐在床邊嗎？

——他正在看我嗎？

高景海緊閉雙眼，心裡莫名緊張，他拚命安慰自己，想太多了、想太多了……楊明熙坐下又怎麼樣呢？這是他家，他想坐哪裡就坐哪裡……

但是，楊明熙不僅坐下了，他還躺下來，鑽進被窩裡。

感覺到男人從背後抱住自己，高景海無法淡定了。

高景海不敢亂動，身體變得很僵硬，他可以感覺到自己的背貼著對方的胸膛——不對，這形容不對，應該是對方來貼他！

楊明熙的手伸到他的胸膛，隔著薄薄的睡衣撫摸他的乳頭。高景海一忍再忍，不想發出聲音，但酥麻的感覺漸漸擴散，隔著一層布料猶如隔靴搔癢，根本不夠。

他想要楊明熙把他的衣服拉開，霸道地把手伸進來，搓揉他的乳珠，把那顆小點變紅潤，讓它挺起來……

想要，但是不能說，因為說出來就顯得自己太放蕩了，楊明熙會喜歡嗎？

——不對，我怎麼會在意他喜不喜歡……？

想要，又不想要。矛盾的想法在腦袋裡天人交戰，高景海的臉慢慢紅起來，心跳也越來越快。他想要用力呼吸、大口吐氣，但如果他這麼做了，胸膛的起伏一定會被楊明熙發現。

——怎麼辦？

高景海緊抿著嘴唇，但他沒辦法控制自己的心跳。

楊明熙的手往下伸，伸進睡褲裡。因為裡面沒有內褲，他的手馬上就能碰到那蠢蠢欲動的性器。

他的手沿著莖柱撫摸，指尖碰到頂端，故意在小頭上搓揉，讓高景海忍不住把大腿夾緊，就像把楊明熙的手夾住一樣。

高景海的呼吸變得急促，心跳變快，但他不知道楊明熙是不是有跟他一樣的感覺……他十分不安，心裡很不踏實，胸口彷彿也變得空蕩蕩的。

好在，貼過來的身體好像變熱了。高景海可以感覺到自己的屁股被什麼東西頂著，但他還是不敢動……他不知道自己要「不敢」到什麼時候，但是，在這時候揭開自己沒睡的事實會不會太晚了？

高景海只好繼續抿緊唇瓣、閉著眼睛，裝作睡著的樣子，但在他雙腿間的手變得越來越放肆，撫摸的力道越來越重，把他揉得都有感覺、有點勃起了，他的手也不自覺地抓著被角，以為楊明熙沒發現。

忽然，楊明熙把高景海的睡褲拉下來。

屁股露出來，楊明熙的手掌貼在那光潔的屁股上，故意用手貼著、捏著，好像在衡量那塊肉的彈性一樣，讓高景海感到莫名羞恥……

明明更羞恥的事情都做了，最私密的地方被看過了，聲音也被聽見了，但這種好像在被色老頭調戲的動作讓高景海很難忍耐。

很害羞，很想躲起來……

高景海開始後悔裝睡了，因為楊明熙正在用自己勃起的性器蹭著他。

——後面熱熱硬硬的……

高景海忍不住吞了一口唾沫，不行，忍不了了。

「你這樣我怎麼睡啊？」

高景海抓住楊明熙的手，轉過來的一張臉表情幽怨。

楊明熙唇邊挾帶著笑意，「原來你沒睡？」

「你不是早就知道了嗎？」

「你沒發出聲音，我不知道啊。」

楊明熙的手從睡褲裡拿出來，那雙手臂圈住了高景海的腰。

兩個人的身體貼在一起，高景海覺得自己的臉頰溫度好像又上升了。

「……你還想做嗎？」高景海問。

他期望得到什麼樣的回答，其實連他自己也不知道。

他期待跟這個男人有一場激烈的性愛，但又不僅僅是做愛。他知道自己沒資格要求太多，因為楊明熙不是他的什麼人，但心裡還是會忍不住期待……期待自己會是特別的那個人。

楊明熙望著高景海的眼眸，他看得出來高景海也很迷惘，但那會不會其實是他自己內心的寫照？他知道這個人有求於自己，他任由這個人予取予求，因為他也在徬徨，不知道要把高景海擺在什麼位置。

「你再說一次，你是過來幹嘛的？」楊明熙喃喃地問。

「什麼？」高景海不解。

「為什麼來找我？」

「……」

因為，最近發生了很多事……

「我們之間，不是只有那種事嗎？」

「……」

楊明熙的手動起來，高景海閉上眼睛，但楊明熙沒有給他一個吻，而是把他面朝下地壓在床上。

「這是你說的，我也同意。」楊明熙把高景海的睡褲褪到膝蓋，自己則跪在床上，不知道從哪裡拿出保險套和潤滑液，「所以，不就只剩下那種事嗎？」

當他把那小包裝撕開的時候，高景海想的是：你從哪裡拿出來的？

高景海還沒轉過身來，楊明熙就對準他下面的小洞插了進去。

「啊啊……」高景海顫抖著倒在枕頭上。

這就是他利用人的代價嗎？

他就是來討幹的，現在他得償所願了，為什麼卻開心不起來呢？

他趴在枕頭上，任憑楊明熙抬起他的腰、腿。

楊明熙把高景海的下半身轉成側姿，方便自己的陰莖插進去，插得更深一點，而高景海死命抓著枕頭。

兩人都看不到對方的臉，不知道對方會有什麼樣的表情，猜不到對方的想法，唯一可以確定的是，那一下一下幹著的感覺，很爽。

高景海緊抿著唇，不肯洩漏出一點聲音，因為他一直聽到身體撞擊的啪啪聲，那比呻吟還令他感到羞恥。

本來躺著的枕頭被他抱在胸前，枕心都要被他捏到變形了，他皺著眉，身體不斷被晃動的感覺像在海上，正遇到風浪。

粗壯的陽具貫穿他的身體，把裡面都塞得滿滿的，被撐開來的酥麻感從根部擴散到雙腿，讓他越來越沒有力氣，彷彿只是癱在床上的一灘水。

身體彷彿都要化開了……

高景海的身體從後面被抱住，他也放開枕頭，一手往後面伸，摸到楊明熙的臉頰。他雖然沒有看到楊明熙的表情，但在楊明熙抱緊他的時候，他心想，或許，他們之間是有點什麼的吧？

楊明熙插得很裡面，彷彿要把兩人之間的隔閡都捅破。那雙強而有力的手臂抱著高景海的身體，讓高景海很安心，好像自己正與這個男人連結在一起，不僅是他們的身體，還有心。

只有在這個時候，他可以奢望一下，自己是一個很特別的對象。

「啊啊……啊……」

高景海低垂腦袋，視線也變得模糊。他乾脆閉上眼睛，任憑感官集中在身體的接觸上。

他一邊撫摸著自己，手都被弄濕了，液體一直流出來，把性器變得光滑晶亮。他的手越來越快，因為後面的男人也在衝刺，他的腦袋變得一片空白，隨後身體一陣顫抖——

「啊啊啊！」

楊明熙抱著他攀上頂峰，高景海也射出來了，但他有用手握著，盡量不讓精液沾到床上。

發洩過後，楊明熙在心情上比較舒坦了。他也會有不想要思考的時候，但高景海從頭到尾都背對他，讓他的心情又沈悶起來。

忽然，他發現……

「你在哭嗎？」

「咦？」被這麼一問，高景海顯得手足無措，他這才注意到自己眼眶的濕潤。但他告訴自己，必須表現得不以為意，「我、我哪有哭？這是不小心流出來的……誰在高潮的時候不會掉一兩滴眼淚，這有什麼好大驚小怪的？」

「嗯……」

楊明熙沒多說什麼，把該丟的東西丟一丟就走了。

高景海就地躺倒，躺了一會兒，覺得不洗不行……

他爬起來走到浴室，發現裡面已經備好了乾淨的毛巾。是「客房」本來就這樣吧？楊明熙剛才應該沒時間準備。

高景海一邊洗，一邊忍不住回想起最近發生的事。

台股跌了一個星期，他也被罵了一個星期。

基本面不如一碗泡麵，明明是業績不錯的公司，卻大家都在跌，不知道在跌什麼。媒體到處找理由，採訪投資顧問、財經學者的意見，翻譯外電報導，高景海也被記者問過這件事，他說了一些比較籠統的看法，像是技術分析什麼的，但他心知肚明，全世界的股票其實都會有連動。

資本不分國界，到處流竄，此消彼長，在全球化的影響下，這已經不是單一地區或單一個股的問題了。如果美國股市、亞洲股市都在跌，那台股不能倖免是很正常的，他也有看到韓股、日股都在跌。

他都已經看到了，身為一個分析師，他明明就懂這背後的邏輯關係，居然還對楊明熙說出那麼主觀又情緒性的話，完全無視大環境的經濟數據變化。

『你為了炒作友群生技，把整個台股都拖下水！』

就算楊明熙真的是主力好了，光憑楊明熙一個人，是不可能影響到全世界的，也難怪楊明熙會對他說：『你真是讓我太失望了。』

他忘不了楊明熙當時冰冷的眼神，所以他才不敢傳訊息、不敢打電話給他，只能在下班後去買醉。

這天，他來到草叢酒吧，老闆也在擔心股票跌跌不休該怎麼辦，都沒心思營業了。

「阿海，怎麼辦，我的十幾萬……」

「少一個零了嗎？」高景海很不配合地賞老闆一個白眼。

「少了好幾千塊啊啊啊！」

「等少了一個零再來找我。」

「阿海！你不是投顧老師嗎？快點給我一點建議，我該怎麼辦才好？」

「自己設好停損停利，做好資金控管，請用閒錢投資，不要影響生活。」

「你這跟廢話沒兩樣……」

老闆趴在吧檯上，只差沒用抹布擦眼淚了。

高景海嘆了一口氣。他知道股票跌，大家心裡都不好受，投資市場上瀰漫著恐慌氣氛，大家都很怕財產會在一夕之間縮水。尤其是這種跌法彷彿深不見底，每天收盤都覺得好像快要止跌了，結果隔天又跌。

連跌了一個星期，美股都有一點反彈了，台股還是死魚一片。

金管會發新聞稿說台股基本面良好，請投資人做好資金控管，不要恐慌什麼的，但這類的發言無法穩定市場信心，隔天又跌，都把投資人逼到快跳樓了。

……聽說真的有人跳樓。

高景海搖搖頭，不願多想，畢竟那是網路謠言，至少他的人脈圈裡還沒聽說有誰出事。

他明白，投資人賠錢會想要找個發洩管道都很正常，他的客戶也一直來罵，打電話來罵或親自上門罵，他都只能陪笑臉、耐心解釋。

這幾天下來，他已經把大環境的經濟局勢分析過一遍又一遍，打了好多電話給各個公司的ＩＲ部門，問過很多朋友，動用許多人脈，搞清楚產業面是不是真的有問題。

他很努力，但永遠不夠。

只要輸錢，就沒有藉口，這個圈子就是這麼殘酷。

「你是『分析師小高』嗎？」

高景海才吃一口三明治，配一口啤酒，突然有人拍了拍他的肩膀。

高景海回過頭來，還在嚶嚶叫的老闆也抬起頭來，一名男子突然抓住高景海的衣領，把他從吧檯椅上拖下來。

「都是你害的！你害我股票賠錢！你這種人怎麼不去死？」

老闆嚇傻了，外場員工也都愣住，其他客人紛紛看過來，而男子氣得臉紅脖子粗。

但這時，高景海異常冷靜。

事後回想起來，高景海也不知道自己當時為什麼能那麼冷靜，或許是因為他已經下班了，所以無所謂。

「你是我的客戶嗎？」高景海瞪大雙眼，聲音低沈得可怕，「恐怕不是吧？不然我一定會記得你，每一個客戶我都記得，同事的客戶我也都記得。」

「是不是你的客戶有差嗎？誰要付錢給你，你在網路上做的那些爛影片，害我賠錢！」

「我做的什麼影片？是分析大盤的影片嗎？還是經濟學、金融知識的影片？我有推薦你要買什麼股票嗎？絕對沒有，因為那是違法的。」

「你……」男子的氣勢有一點弱掉了。

「雖然我有執照，但是我從來沒有在網路上推薦過網友要買什麼，因為風險很高。」

「你不是定期會分析走勢……」

「我會分析沒錯，但我講的都是非常理論的東西。我做財經類的影片又怎麼了？你知道現代人多缺乏金融常識嗎？」

「我就是看了你的影片，覺得快要漲了，結果我一買進，它就跌，你根本就是在騙人！」

「技術分析僅供參考，不管是大學教授或是在華爾街工作的人，大家都不說，但大家都知道——沒有能百分之百準確預測股票的工具，因為如果有，那叫預知未來。如果能預知未來，你怎麼不去買樂透？」

「你——」

「噯噯噯，客人，有話好說！」老闆看情況不妙，好像要打起來了，趕緊從吧檯後面走出來，「大家和氣生財，不要這樣嘛……我開的是 Gay Bar，拜託你們來談情說愛，不要談股票好不好？」

男人放開手，高景海理了理皺掉的西裝領口，突然，男人拿起高景海才喝一口的啤酒朝他潑過去，然後扭頭走了。

老闆傻眼……

高景海卻暗自鬆了一口氣，這種程度已經算好的了，至少沒有打起來，也沒有人受傷。

「阿海，你沒事吧？」老闆投以同情的目光。

高景海搖搖頭，服務生遞給他一條熱毛巾，高景海感激地微笑，「老闆，借一下洗手間。」

「喔喔，好……」

高景海洗過手、洗過臉，用毛巾沾水擦一擦衣服，還是沒辦法去除酒味。還好啤酒的顏色不深，不像紅酒會留下明顯的汙漬。

在洗手間裡，看著鏡子，看到自己狼狽的模樣，高景海很希望能有個人能來安慰他，但這個人不是隨便一個人……

他想起了楊明熙，這才有了借酒裝瘋的戲碼。

他才喝一口而已，沒有喝到很醉，但或許是酒精放大了他的膽量，模糊了他的判斷力，他才能通過警衛那關，直接殺到楊明熙家門前。

他獻上自己的吻，如果楊明熙沒有推開他，他會要楊明熙在玄關幹他，把他壓在門上、牆上或地板上⋯⋯

結果，就是這樣了。

砲打完了，爽是爽過了，心情卻沒有變好。

他以為心情會變好，但腦袋能放空的時候，僅止於被插入屁股裡時。高潮過後，他還是得面對現實，而且，他好像把自己跟楊明熙的關係弄得更糟了⋯⋯

「我們之間，真的只有那種事嗎？」

其實，他希望不是。

高景海任由熱水沖刷著身體，由水珠代替淚珠滾落。

他希望兩人之間是有某種聯繫的，但他跟楊明熙⋯⋯怎麼可能？楊明熙也不會喜歡他這種人吧？

高景海洗完澡，從浴室走出來，身上只有披著一條毛巾。

他擦乾身體，把睡衣穿回去，唯獨少了一條內褲。他看著睡褲裡面，就當作讓小伙伴透透氣吧，又不是沒穿內褲就睡不著。

高景海躡手躡腳地開門，他不是想去偷襲楊明熙，只是……有點好奇房外是什麼樣子，想看看楊明熙家裡的情況，想去一個離楊明熙近一點的地方。

他一開門，就發現門口被放了物品。

新的內褲和洗漱用品、某知名麵包店的三明治和礦泉水，都沒有拆封過，還有他的手機和皮夾，應該是從髒衣服裡拿出來的。

高景海蹲在房間門口，眼睛突然一陣酸楚，淚水控制不住地盈滿眼眶。

——為什麼要對我這麼好？我值得嗎？

第四章

翌日，高景海醒來的時候，習慣性地摸看手機，發現已經過中午了。

這一覺睡得很好，就像去度假飯店，睡得今夕不知何夕，什麼煩惱都忘記了。

今天是週六，股市不會開盤就不會再跌了。

高景海在心裡安慰自己，難得有一個週末可以不用看工作相關的東西，不用追著各國股市跑，不用急著刷財經新聞。

事實上，憑他一個人再怎麼努力，也不可能贏得過靠程式交易的大型跨國基金，人家只要按幾個鍵就買進賣出了，分析結果是電腦算的，總是比人腦快。

這些大型資金更能牽動股市的漲跌，人家就是要殺到見骨，你有什麼辦法？又不能說「我不玩了，把錢還我」，買股票沒有退貨這回事。

高景海洗漱過後，一打開房門，就看到放在地上的餐點，裝在紙袋裡。

他覺得有點無言、有點好笑，這是要他在房間裡吃，不要出來的意思嗎？還是……怕他餓到，但是又不想吵醒他，是楊明熙對他的體貼呢？

高景海捧著餐盒走出房間，邊走邊吃，邊吃邊欣賞走廊的畫作。

高高捲起的海浪，互相拍打出白色浪花，底部是像夢境一般的深藍色，顏料不知道用了什麼材質，在浪頭的地方做出立體浮雕的感覺，讓這波浪彷彿要打出畫框一樣。

他走到客廳，看到客廳還是散亂著一堆文件，電子白板也沒收起來。文件上都是英文，他還是不要隨便亂翻的好。
不過，客廳、陽台和廚房都沒有看到楊明熙。
高景海把吃完的餐盒放在餐桌上，沿著走廊，來到一扇門前。他聽到門後有聲音，是有人在看電影嗎？
他敲了敲門，音效停下來了。
楊明熙打開門，看到高景海站在門外並不感到意外。
而高景海見到楊明熙，看到對方的表情沒有特別冰冷、但也沒有很溫柔，怔了一下。
他期望楊明熙對他溫柔嗎？不是的，他不敢做那種奢望。
那楊明熙會冷冰冰地對待他嗎？他也不敢肯定，但如果把楊明熙想成那個樣子，自己反倒會很傷心，歸根結底，他只是不知道該怎麼面對楊明熙。
「那個……謝謝，你準備的早餐。」
「夠吃嗎？」楊明熙的口氣不鹹不淡，聽不出有什麼情感，「我只是叫外送而已，不是我煮的，你倒也不必……特別感謝。」
話雖這麼說，高景海卻覺得楊明熙打量著他的眼神，應該是很想聽到有人說謝謝。
「那家的紅茶不錯，我自己也點了。」楊明熙道。
「我還沒喝……」高景海知道有附飲料，大杯的溫紅茶連同紙袋一起被他放在餐桌上，

「你在……忙嗎？」

「沒有。」楊明熙側身讓出空間，讓高景海能進來。

高景海走進書房，看到螢幕上有一個大大的「Pause」（暫停）。書房裡的電腦是桌上型電腦加曲面螢幕，座椅符合人體工學，是電競的設備。桌上有一杯插著吸管的溫紅茶。

「你在玩遊戲？」

高景海有些意外，原來剛才聽到好像在看電影的音效，是遊戲。

「嗯。」楊明熙大方承認，「你要玩嗎？」

「我不會玩。」高景海委婉地拒絕。他平常不會玩遊戲，連玩手遊都沒時間了。

「怎麼了？」

「沒有……就是……」

高景海唇邊帶著一抹笑意，讓楊明熙更好奇了。

「怎麼了啊？」楊明熙臉上也有些許笑意，但兩人的表情都有些尷尬。

「就……覺得好像跟你的人設不太相符。」

「我有什麼人設？」

楊明熙臉上的笑容變得更多了，望著高景海的眼神也絕非冰冷。

「就……富二代？」

「嗯……」楊明熙假裝思考了一下，「我也不能說你錯，但是富二代有什麼人設？」

「喝酒、嗑藥、玩女人？」

「哈哈……」楊明熙笑了一下，「遊戲是第九藝術，我這是在鑑賞藝術品。」

「這樣啊，哈哈……」

高景海乾笑著，他沒想到楊明熙會開這種玩笑。

「我有買遊戲公司的股票，不過前陣子被殺得滿慘的。」

「所以……這算是你投資的商品？」

高景海不知道那是什麼遊戲，但從「暫停」的畫面來看，應該是美國或歐洲的公司，遊戲的字幕都是英文。

「不算是。」楊明熙走到電腦前，「我會買一家公司的股票是因為它有利可圖，但我玩遊戲是因為我想玩。」

「我……不太懂……」

「是不太懂有利可圖那部分，還是不太懂遊戲？」

高景海看著楊明熙慢慢走回自己面前。

他不懂的是，楊明熙怎麼還能用這種態度對待他？對他溫柔、對他好，跟他聊天，好像什麼事都沒發生過一樣？

不……不是沒發生過。

當楊明熙靠近他的時候，高景海能感覺到空氣又隱約變得曖昧，他不懂楊明熙怎麼還能這麼泰然自若？

書房裡有一張小沙發，被書櫃環繞著，如果窩在那張沙發上，就會像徜徉在書海裡，很文青，房裡也沒有客廳裡那些擺明就是要招財的貴氣擺飾。

人家說書房會反應出房子主人的性格，高景海故意走到書櫃前，觀察上面有什麼書。

從書名來判斷，架上沒有投資理財相關的書，倒有一些是經濟學、政治學、心理學的教科書，厚厚一本，一般人不會想啃。

高景海在角落發現一本法國心理學家古斯塔夫．勒龐的《烏合之眾》，他本來想伸手，但想起這裡是別人家，便又把手收回來。

「有看到喜歡的書可以借你。」楊明熙雙手交叉抱胸，倚著書櫃，「我家書太多了，平常也沒在看，現在都變成裝飾品了。」

「客房的小說也是嗎？」

「嗯，那都是我小時候買的，我媽很反對。」

高景海猜對了，那果然是楊明熙小時候的房間，他一方面小小地竊喜，另一方面又……想起兩人在小孩房幹的事，覺得有點對不起小時候的楊明熙。

「為什麼你媽媽會反對？應該不會有家長反對小孩看書吧？」
「她不喜歡我看小說，她覺得很浪費時間。」
高景海不便評論人家媽媽，只好保持沈默，但他覺得楊明熙媽媽好嚴格啊！
「你現在還會看書嗎？」高景海問。
「因為我一個人的時間比較多。」楊明熙沒有明說喜不喜歡，「你呢？你平常會做什麼？我是說，不工作的時候。」
「我還是……在工作。準備工作要用的東西，補充自己的知識、跟上時事。你也知道，投資市場變化很快。」
「嗯。」那是楊明熙無法否認的一點。
「我覺得你很厲害。」高景海望著楊明熙，「投資需要一點想像力。」
上一秒就是「過去」，任何的數據模型都是根據過去的資料推測未來，但就是因為不能百分之百預測未來，所以才需要想像力。高景海認為，楊明熙不會不懂這道理。
「我覺得每個認真生活的人，都值得被說厲害。」
楊明熙臉上帶著淺淺的微笑，從他如此平淡的口氣裡，高景海看到一個優雅、有氣質、聰明的男人。
高景海發現，自己為這個男人著迷不已。

他瘋狂的時候可以很瘋狂，把鈔票都灑滿地板；他靜下來的時候也可以很安靜，讓習慣深夜狂風暴雨的水手看到風平浪靜的日出。

「但我還是很喜歡聽到你稱讚我。」楊明熙拉著高景海的手，在小沙發坐下，「我不介意你多說一點。」

高景海緬腆地轉移視線，「你應該不缺對你說這種話的人吧？」

「不，我很缺。」

「我才不相信。」

「大部分的人都想知道我買了什麼，但他們不在乎我……你在乎嗎？」

高景海不得不沈默。他在這裡穿著人家的衣服、吃著人家準備的食物……

「你為什麼來找我？你昨天……那個樣子，為什麼要讓我看見？」

高景海抽出被牽著的手，重重吐了一口氣。他也不知道為什麼，當時他只想到了楊明熙，也知道自己這樣很厚臉皮，「那你為什麼不把我趕出去？」

「我不知道。」

「那我也不知道了。」

「是你先出現在我家門前的。」

「我這幾天過得很不好……」

楊明熙的頭一傾，擺出願意聆聽的樣子，「嗯？怎麼個不好法？」

該怎麼說呢？高景海一時講不出話來，因為太千頭萬緒，而且他現在也不想在交談間，跟楊明熙產生任何跟股票利益有關的交集。

就像過去的那個人。

「其實我上一個前男友……」高景海意識到自己說溜嘴了，「我是說前男友，就是……我不知道要怎麼說……」

「騙錢、騙砲、始亂終棄？」

長痛不如短痛，還是早點在楊明熙面前坦白，讓楊明熙早點把他趕出去吧。

於是，高景海一口氣說了：「他做股票、做期貨，虧了一大筆錢，融資追繳繳不出來，被斷頭所以負了債，就怪我……是我給他的投資建議。」

楊明熙聽了微微皺眉，但那一點點表情看在高景海眼裡，就像對他的全盤否定。

「我推薦的股票都沒有問題！事後都有漲回來……但是那個『事後』要等很久……期貨我不敢說，那是完全不一樣的市場，但我沒有帶他操作！我也沒有叫他開融資……」高景海越說越小聲。

「那有什麼問題？」楊明熙一臉不解。

「我不知道……我那時候是不是真的錯了，如果我錯了，我該怎麼彌補？」

「我們可不可以跳到騙砲或始亂終棄那一段？我比較想聽那一段的故事。」

「……」高景海無言，「你覺得這很好笑嗎？」

「不，但是你想想，當你跟我說你被騙了感情、前男友有多渣，還有因為你被前任傷害，導致你後續不敢談戀愛的這些事，我不就有機會安慰你了嗎？」

「……」高景海哭笑不得，但是笑的成分比較多，「全天下大概只有你會講出這種話，還說得理所當然，都不會臉紅。」

「臉紅？為什麼？」楊明熙戳了戳高景海的臉頰，「要我安慰你嗎？」

「暫時不用，謝謝。」高景海把那隻頑皮的手拿下來。

「話說回來，我還是不知道你的問題在哪裡，都是過去的人了，你心裡還有他嗎？」

「不是……就是……大概是因為跟錢有關，所以……很難忘記。」

「你有逼人家下單嗎？」

「當然沒有！」

「手指長在自己身上，自己控制不了嗎？我完全不覺得你在這中間有什麼問題。」楊明熙又戳高景海的臉頰，好像故意要讓高景海勾起微笑。

高景海冷著臉，把楊明熙的手拿下來，「我沒有心情跟你開玩笑。」

楊明熙收起笑容，回到電腦前，把暫停的遊戲存檔關掉。他坐在電競椅上，轉過來，「我每天都會收到很多投資建議，很多人都會跟我說要怎麼做會比較好，難道我每一個都要聽嗎？」

「那……不一樣……」

「因為對方是前男友，你們有各種東西攪在一起，就變得不一樣了嗎？」楊明熙的態度陡然變得冰冷。

高景海眨了眨眼，不懂這瞬間的轉折墜落是怎麼回事。

「你太善良了，在投資市場是活不下去的。」楊明熙的語氣又變回平常的樣子，彷彿剛才的冰冷只是曇花一現，「雖然我覺得那樣很可愛。」

高景海怔住了，因為楊明熙不曾開過這種玩笑。

「你不必贏我，那沒有意義。」

「那是什麼意思……」

「我知道你有求於我——你想要什麼？」

楊明熙對**那種眼神**再熟悉不過，然而，當他這麼問的時候，高景海眼裡卻出現了一絲迷惘。

高景海看起來像傻住了，但他的腦袋正在思考。

楊明熙會這麼問，絕對不是「你還想不想打砲」的意思，楊明熙想問的，是他來這裡的目的是錢嗎？楊明熙有很多錢，是一般人難以想像的多，但如果他真的說了這種話，那這段關係絕對就毀了。

高景海不想讓楊明熙看不起他。

他現在不想從楊明熙身上得到什麼，除了一個能讓他安心的歸所，除了擁抱、安慰和纏綿的吻以外，除了這男人明亮的目光和眷戀之外。

「你能給我一個工作嗎？」

楊明熙盯著高景海，一雙有如星辰大海的眼眸變得深邃，「我可以介紹工作給你，但無論是什麼工作，我都不認為以你現在的狀態能把它做好。」

「……」高景海才想開口反駁，但馬上克制住了自己的舌頭。

楊明熙像有看透他的超能力，看穿了高景海只是想逃避。

「你想做的是什麼？先把你能做的做好，然後，等待機會到來就好。」楊明熙的眉眼充滿自信，慢慢勾起了微笑。

他就像在最華麗的廳堂，舉起酒杯對每一個辛苦生活的人致敬。他的生活雖然跟別人不一樣，但他不會捧高踩低，他耐著住性子，忍得了寂寞。

金錢是由人性的慾望堆疊產生，但是要賺錢，就得克制住慾望，楊明熙有很多手法能操作股價，但他最厲害的，其實是對人性的洞察力，就像他早就看透了高景海的目的……

但他也會有想要放縱的時候，畢竟他也是個人。

他也有想要的東西，會有慾望和不該有的執著。

「在你恢復之前，你可以待在我這裡，反正我家只有我一個人住，房間很多。」

高景海皺起了眉，「你為什麼要對我這麼好？」

「因為我……」

楊明熙欲言又止。他低頭笑了笑，不知道在笑什麼，「我也不知道。」

高景海的眉頭慢慢舒展開來，他心想，或許自己知道、楊明熙也知道。

他們都知道彼此之間是有感覺的，但他們尚未知曉該如何定義這種感覺。也許說出口，就會破壞某種約定俗成的美感，也許曖昧就是這麼模糊不清，卻又讓人肯定它存在。

「我們都在黑暗中前行，沒有人知道明天會發生什麼事。」楊明熙溫柔的聲音傳來，讓高景海心底一顫。

「……連『主力』也不知道嗎？」高景海的眼神裡恢復了一絲清明。

楊明熙發現，自己就喜歡那樣的眼神。

「很多時候，我們只是順勢而行。」

「我還以為你有多厲害呢。」

高景海是開玩笑的，但楊明熙絲毫不在意。

「也許我沒有你想像中的有錢。」楊明熙看著高景海。

那眼神，也許是因為太過直切，讓高景海想要逃避。但是楊明熙走過來，把高景海困在他與書櫃的空間，並捏著高景海的下巴，把他的臉轉過來，讓他沒有亂動的餘地。

「你急著回去嗎？」

楊明熙低沈的嗓音讓高景海下意識地蹙了一下眉。

「沒有……」

「那，要跟我一起過週末嗎？」

「要……怎麼過……？」

「我也還沒想到，因為我不知道你會過來。我原本打算讓工作陪伴我的，但是現在不一樣了……」

楊明熙的聲音和嘴唇一起，慢慢靠近。

高景海閉上眼睛，感覺到楊明熙落下的吻，感覺到自己體內的悸動被區區一個吻勾動起來。

楊明熙穿著居家服，他則穿著楊明熙提供的睡衣，兩個人都穿得很隨便，就好像一起過週末的情侶一樣。

但他們不是情侶，高景海很清楚這點。

「我們……也許可以……」高景海把手貼在楊明熙的胸膛上，低下頭，看起來像在撒嬌，但他其實是不好意思正對上楊明熙的眼神，那太熾熱了，「我不知道……你想做什麼呢？」

「要出去玩嗎？不然一直待在家裡，我會忍不住去想要把你壓在哪裡的問題……」

「可以啊。」

「你說的是出去玩，還是……」

高景海心裡想的是都可以，但他說的是：「當然是出去玩！這麼好的天氣，不出去走走，不覺得很浪費嗎？」

「好。」楊明熙笑著答應，「你有想去的地方嗎？」

高景海搖頭，「只要跟你在一起，去哪裡都可以。」

雖然是很老套的台詞，但楊明熙聽了還是很開心，心情都寫在臉上了。

他笑起來的樣子勾動著高景海的視線，高景海覺得自己可以一直看下去，目不轉睛……

「我聯絡金司機，讓他來接我們。」楊明熙道。

高景海一愣，「這樣不好吧……」

星期天還叫人家來上班，讓高景海有點過意不去，但楊明熙顯然不這麼覺得。

「為什麼？」楊明熙的眼神真誠無辜。

「呃……因為……我想跟你兩個人……」高景海的臉先紅了一半。

楊明熙卻無動於衷，「我叫金司機過來。」說完，他拿起手機傳訊息。

「我的意思是，我想跟你兩個人開車出去兜風，可以嗎？」

高景海不知道楊明熙在手機裡輸入了什麼內容，但楊明熙的手指停下來，看著高景海的眼神十分意外。

「可以是可以……可是你會開車嗎？」

「咦？我？」

高景海不禁懷疑自己是不是誤會了什麼，這種時候不是富二代開名車耍帥的時候嗎？

楊明熙從抽屜裡拿出藍寶堅尼的車鑰匙，「我很久沒開了，我大學的時候在德國的高速公路上開到爆胎、在澳洲撞到袋鼠，之後我爸就叫我出門一定要帶司機。」

「……」

「幹嘛那樣看我？」

「你有在市區開過車嗎？」

「你想看到我上新聞嗎？」

「沒有就好……」有自知之明的三寶還算有救，但楊明熙的車鑰匙太貴重，高景海不敢接過來，「還是麻煩你請司機過來吧……」

高景海的衣服還晾在後面陽台，於是，楊明熙很大方地打開了他的更衣間。雖然兩人體型不同，但高景海可以穿得寬鬆一點，他不在意。

「對了，那個……」

出門之前，高景海對客廳那堆散亂在茶几、沙發上的文件感到很好奇。文件都沒有堆在楊明熙書房裡，書房反而很乾淨，而書櫃旁邊就是零食櫃，應該是為了打電動準備的。

「我昨天打擾到你們了，很抱歉，我不知道你在工作。」高景海記不太清楚了，因為他逼自己不要想起來，那些人一定都看到了……「也請幫我向其他人致歉。」

「我不會說的。」

「咦？」

「你要道歉的話，跟我說就夠了，我為什麼要把你的話傳出去？」

高景海先前假定那些人是楊明熙的同事，為了不破壞同事關係，自己最好還是表現低調一點得好，但如果楊明熙是老闆，那就不一樣了。

但為什麼楊明熙的口氣聽起來很任性呢？好像他不想把那句道歉分給別人似的。

「所以……你們在忙什麼？」

「我外公投資的一間新創公司想要上市，他叫我看一下那間公司的資料，我不太懂那個領域，就找了其他人來看。」

「為什麼會叫你看？」

高景海不懂，楊明熙的外公是有錢人，他應該有自己的理財專家或顧問。

楊明熙聳肩，「也許長輩就是喜歡叫人家做事。」

「那，你有看到什麼有趣的東西嗎？」高景海試探地問。

楊明熙很聰明，他知道什麼該說、什麼不該說，因此高景海也不怕會聽到什麼機密，他相信楊明熙會自行過濾。

「嗯……」楊明熙想了一下，「如果走傳統IPO（首度公開募股），那一間公司的財務資料就會被公開檢視，現在有很多方法能規避傳統的財務審核，所以，我覺得他們最後雖然還是能上市，但上市後的股價能不能保持一定水準，就很難說了。」

「你是怕上市之後會崩跌？」

「我怎麼會怕那種事？我又沒投錢在裡面。」楊明熙笑了一下，「上市之後，初期的投資人想要套現是很常見的，大家被壓了那麼久，不趁機把股票變鈔票，難道能吃嗎？」

楊明熙注意到餐桌上的飲料還未拆封，「你不喝紅茶嗎？」

「喔，我忘了。」

「這種事怎麼會忘？」楊明熙把吸管插進去，遞到高景海面前，「不會很甜，你試試，真的不喜歡就算了。」

高景海就著被餵食的姿勢吸了一口，伯爵茶的味道很香，但是涼了。

「帶在路上喝？」

「嗯。」

高景海接過飲料杯，楊明熙摟著他出門，動作十分自然，就像情侶一樣。

——但，他們不是。

第五章

車子停在店門口，看到一整排準備接待的店員，高景海瞬間傻眼。

「我們來這裡做什麼？」

「把你全身上下都換下來。」

楊明熙跟著店員走進接待ＶＩＰ的更衣室，他坐在沙發上，示意高景海去換衣服。

「我們要去很正式的地方嗎？」

高景海看店裡的裝潢和排場，不用看標籤也知道這不是他平常會買的價位。

「沒有，」楊明熙裝作一點事都沒有，「就在附近走走，不要有壓力。」

「那為什麼……」

這樣怎麼可能不會有壓力！高景海光是站在店裡，被各種角度的亮光一照，就不自覺把身體站直了。

「你就別問為什麼了，我想讓你全身上下都充滿我的東西，還需要理由嗎？」楊明熙講得理所當然，但高景海聽了臉都要紅了。

「我不是已經穿了……你的衣服嗎？」

「不合身的話叫什麼衣服？只是借你遮一下身體而已。」

「哈哈……」

高景海不知道這男人是哪一條筋不對勁了，為什麼要把話講得這麼露骨呢？

他不敢看店員會有什麼表情，但除了職業所需的微笑，店員並沒有特別的表情。畢竟服務的都是高檔客戶，店員聽到楊明熙話裡的意思，就把推薦的名牌西裝換成休閒外出服。

高景海試穿了幾套，穿到楊明熙滿意為止。

「就那樣，把標籤剪掉吧。」楊明熙爽快地結帳。

走出精品店的時候，高景海穿著淺藍色的襯衫和牛仔褲，搭配著他叫不出名字的手錶，連皮夾也換成新的了，但他覺得這太貴重。

「明熙，這些……」

「怎麼了？」楊明熙走出店門，回頭問。

「真的都要給我嗎？」

看楊明熙都走出去了，沒有要反悔的意思，高景海只好跟上楊明熙的腳步。

「我不是說過，想讓你全身上下都是我的東西嗎？對了，手機要換成新嗎？」楊明熙摟著高景海的肩膀，動作十分自然。

「不用了……」高景海委婉地迴避掉，他越來越不懂這男人在想什麼了，「我只是覺得很奇怪，你怎麼會隨便送我東西呢？」

「不是隨便。」

「我知道這對你來說是小錢，但是隨便送別人東西，很容易讓對方誤會的。」

「所以我說了，不是隨便。」楊明熙故意碰了碰高景海的手背，「你只需要對我說一句話就好。」

「什麼？」

楊明熙沒有牽他的手，高景海卻覺得自己的手好像在發燙，這比當街摟著他還令他難堪，他都不敢看楊明熙的臉了。

「收到別人送的禮物，你還不知道要說什麼嗎？」楊明熙故意用嫌棄的口吻，「你這個人怎麼這樣？又把我當作理所當然……」

「哪有！我……」高景海不得不望向楊明熙，卻發現楊明熙邊走邊偷笑。

雖然覺得有點奇怪，但這種被好好對待的感覺……還不賴。

「對不起，讓你破費了。」高景海裝作小宮女，欠了欠身，希望能讓楊大少爺滿意。

「不是那句。」

「那是……什麼？」

「你不會說『謝謝』嗎？」

「謝謝……」

「嗯，好聽多了。」

楊明熙時不時瞄向高景海。那一身衣服都是他選的顏色，看起來很清爽，很適合這一個涼爽又陽光普照的週末。

楊明熙帶高景海去的下一個地點，是那間大廳很亮的五星級飯店，但今天的燈沒那麼刺眼了，可能是燈光真的有調弱一點，或是身旁的人比較耀眼。雖然沒有摟著高景海的肩膀，高景海也不想讓人牽的樣子，但注意到高景海時不時迴避他目光的樣子，楊明熙就覺得很有趣。

「楊少爺，今天也是來喝咖啡的嗎？」經理提前收到預約就親自出來接待了，他看到楊明熙帶著人，「在房間喝嗎？」

「哈哈哈哈。」楊明熙大笑，「當然是在咖啡廳啊！」

「哈哈哈哈，這邊請、這邊請。」

經理貼心地準備了包廂，包廂內就像個小客廳，玻璃窗外就是高樓美景，能遠眺一條蜿蜒的河。楊明熙和高景海面對面坐著，服務生把下午茶的餐點端上桌，甜鹹食都有。

突然，高景海聞到咖啡的香味。

一位穿戴褐色圍裙的年輕男人走進來，叫了一聲：「楊先生。」

「你好。」楊明熙看到那男人，起身和他握手。

男人推著的餐車上，放置著沖泡咖啡的器具和一包包咖啡豆，高景海聞到的咖啡香便是從他身上飄來的。

「你跟朋友一起來啊？」

「嗯。」楊明熙轉頭介紹，「高景海，這位是阿良，他去國外比賽是我贊助機票和食宿的。我很喜歡他泡的咖啡，喝了晚上不會睡不著。」

「那是豆的品質好。」阿良謙虛地道，「兩位想喝什麼樣的呢？」

「我不喜歡口味太重的，不要酸，不要苦。」

「咖啡有不苦的嗎？」高景海覺得楊明熙的要求似乎太強人所難。

「當然有，」阿良搶著道，「我泡的咖啡就像果汁一樣，沒有加糖，但是可以泡出豆子原本的甜味。咖啡豆本來就是一種果實，果實裡面會有脂質和醇類，這些都是可以融合到手沖咖啡裡的。」

「喔……」高景海聽不太懂，「我跟他一樣的就好了。」

「那他就只需要泡一種，再分成兩杯就好，太簡單了！」楊明熙故意裝出不滿的樣子，但他的臉上都是笑容，眼神裡也帶著笑，再白目的人都察覺得出他心情很好。

「那我泡一杯熱的，一杯冷的，你們可以嚐嚐看不同溫度的變化。」

「好啊，反正你拿了我的錢，不給你找點事做怎麼行？」

楊明熙是開玩笑的，阿良也在笑。

阿良拿出咖啡豆，從磨粉開始，一邊向楊明熙介紹咖啡的口味。楊明熙是稱職的聆聽者，就像傾聽高景海的煩惱那樣，他也傾聽著阿良的話。

楊明熙問起在飯店工作的情形，阿良說，飯店進貨的品質他很滿意，但跟飯店簽的工作合約是一期一期的約聘制，他沒有普通員工的福利。

看到楊明熙皺著眉關心對方的樣子，高景海心裡就悶悶的，但這口氣無處宣洩，只能悶在心裡。

阿良的個子高高的，因為長期做餐飲業練出來的手臂很結實，他在楊明熙面前——不知道是不是高景海的眼睛業障重——會刻意把頭低下來。此外，他的長相清秀、斯文，講話的時候都笑笑的，應該是服務業做習慣了，也有可能是因為楊明熙很帥。

總之，阿良給人的感覺就是很文青，那讓高景海想起楊明熙的書房，好像這個人就適合坐在那書香門第裡，和楊明熙一起……呃？閱讀？

楊明熙真的會看書嗎？高景海突然搞不清楚了。因為楊明熙家裡有太多彼此衝突的東西，例如客廳有很貴的擺飾，像一個霸氣的土財主，主臥室又低調優雅，除了在床頭櫃上的黃水晶，其他都收得乾乾淨淨。

而書房一邊很文青，好像這個人飽讀詩書，一邊又是打電動用的，擺設著媲美電競選手的設備。他並不是說會看書的人就不能打電動，但風格上總有一些衝突。

其實楊明熙這個人也是衝突的混和體，他一方面像個優雅的貴公子，好像不食人間煙火，一方面又非常懂商業運作，是能夠在市場上廝殺的主力、幕後那隻看不見的手。

這樣的男人，有什麼得不到的呢？

高景海偷偷嘆了一口氣，覺得自己身上都是……銅臭味。

身在某一個職業裡，會不知不覺染上那裡的氣味。他很確定自己身上是不會有咖啡香的，因為咖啡對他來說只是提神用的，平常不會品嚐。因此在這個空間裡，當一切都是這麼美好，他忽然覺得自己的存在不美好了。

他好像只會把楊明熙帶到一個只有利益的環境，沒辦法像阿良那樣，從咖啡聊到星座。

兩杯咖啡都泡好了，阿良把咖啡端到桌上，在過程中瞥了高景海一眼，並在與高景海對上視線的時候低頭微笑。

「有需要什麼再叫我。」阿良說完，推著餐車出去了。

餐點都上完了，服務生把包廂的門關上之前，楊明熙給了點小費。

「我可以坐到你旁邊嗎？」楊明熙問。

「喔，可以啊……」

高景海不解，為什麼楊明熙要放著對面的沙發不坐？明明還那麼空，卻跑來跟他擠。

楊明熙一坐下來，手臂就自然地伸出來，橫放在椅背上，然後從椅背慢慢挪到高景海的肩膀上，摟著。

「……」高景海看著風景，試著讓自己什麼都不想。

雖然這不到毛手毛腳的程度，畢竟比這更「深入」的動作兩人都做過了，但楊明熙的手是怎麼回事？為什麼一出門就喜歡放在別人身上？

被這樣摟著，高景海很不習慣，那種曖昧的氣氛好像又回來了，讓他不知道該怎麼辦。胸口小鹿亂撞，腦袋變得一片空白，就算沒有男人粗壯的陰莖插進來，他也幾乎沒辦法思考了，甚至比昨天的效果還要好。

高景海的手掌慢慢發燙。他握著自己的手，不想被楊明熙發現他在流手汗。

「你喝要冷的，還是熱的？」楊明熙問。

「都可以……」

「你的肩膀好僵硬。」楊明熙揉了揉高景海的肩膀，「平常工作太累了吧？我也會這樣。」

——你不要再摸了！

高景海的心臟怦怦跳，莫名緊張……這都要怪楊明熙太會營造氣氛了！

拜託！把他扒光丟在床上，抓著他的身體粗魯地頂進來，都比坐在旁邊摸一下、問一下、撩一下來得好。

「要去按摩嗎？這裡的精油ＳＰＡ不錯，我有來按過。」

「好啊……哈哈……」高景海乾笑道。

給按摩師按，總比被楊明熙按好。

「那我們就不要吃太多了，」楊明熙看著這一桌下午茶，雖然可惜，但沒辦法，「吃一口還是可以的，要嗎？」

「嗯……」高景海點點頭。

他覺得這樣很不像自己，好像一直被楊明熙擺佈似的，但他並不討厭，只是楊明熙對待他的方式讓他很不習慣。

楊明熙拿起一個馬卡龍，餵到高景海嘴邊。高景海戰戰兢兢地張嘴，好像那是個刑具，這表情讓楊明熙忍俊不住。

「是很苦嗎？」

「……」

馬卡龍是甜的，吃起來又不會很甜，在這個提倡減糖的時代，端上桌的甜點都要甜而不膩，客人才會喜歡。高景海用拇指比讚，表示很好吃。

楊明熙又拿了一塊小三明治，送到高景海唇邊。

這種親密餵食的舉動讓高景海快要原地爆炸了，心臟跳得比做愛的時候還快。

「你……你自己不吃嗎？」高景海有意迴避，把身體往後靠了一點。

楊明熙見狀，就自己吃掉了那一口三明治。他又喝了一口咖啡，忽然覺得這味道沒有想像中的好，可能是因為旁邊的人不喜歡的關係。

「高景海，你怎麼了？」他不想藏著掖著，直接問道。

「啊？」高景海被問得措手不及，現在不只腦袋一片空白，好像還有點缺氧了。

「你不喜歡我帶你來這裡嗎？」

「沒有啊……」

「那你怎麼一點都不開心呢？」

「我有嗎……哈哈……」

「那麼勉強就不要笑了，我又不是在處罰你。我是你的上司嗎？還要勉強配合我？」

「不是的！」看到楊明熙不開心，不像是裝出來的，高景海不禁著急了，「真的不是的……我……我不知道該怎麼解釋……」

楊明熙把摟著高景海的手臂收回來，雙手交叉抱胸，靠著椅背，「為什麼不知道怎麼解釋？這根本不用解釋，你喜歡就留下來，不喜歡就離開，我有把你綁起來，還是拿什麼把柄威脅你嗎？」

「……」就算有也不會怎樣……

不對，我在想什麼？高景海為自己的想法感到可怕。

「我只是想跟你一起吃好吃的東西、好看的風景……但好像是我一廂情願了，天啊，這種感覺真差……！」

眼看楊明熙就要從沙發上起身，高景海連忙拉住楊明熙的手。

「你誤會了！」

被這樣拉住，楊明熙可以。

「這些……都很好……只是，好像不太適合我……」

不管是衣服、名錶還是到五星級飯店喝咖啡，雖然沒有到負擔不起，但那都不是高景海平常會做的事，現在有人平白無故地贈與，他不免有些介意，「這是你的生活，是我讓你不開心了，是我該離開才對。」

高景海放開楊明熙的手，從沙發上起身，覺得此刻實在羞愧到想逃走。但楊明熙坐回沙發上，拉住高景海的手，高景海不得已跌坐下來，正好坐在楊明熙的大腿上。

「我覺得我們好奇怪。」楊明熙唇邊噙著笑意，「我們都『不知道』，都想要離開、都想要一起走，難道就不能一起留下來嗎？」

「我沒有想要離開……」你……

「是我沒考慮到，我以為只要讓你接受我的好就好了，卻沒想到那不是你要的，抱歉。」

「你不用說抱歉……」

高景海怔怔地靠在楊明熙懷裡，他已經記不得上次跟誰這樣依偎坐著是什麼時候了。

楊明熙摟著他的肩膀，一手撫摸他的後頸、後腦，安撫似的輕拍。

「……」高景海心裡亂糟糟的，腦袋卻什麼也不去想。

楊明熙帶給市場風雨，卻給了他風平浪靜。他如願得到了想要的東西，讓腦袋放空、不去想工作上有多不順利，但當楊明熙問他怎麼不開心的時候，心裡卻有一股遷怒的悶氣，他知道那叫做什麼。

叫做嫉妒。

——我真的可以待在這裡嗎？

——可以待在你身邊嗎？

楊明熙的手不會讓他感到不舒服，但是他會忍不住去想，是不是也有別人坐過自己的這個位置，被楊明熙抱著呢？不然，楊明熙的手怎麼有辦法伸得那麼自然，好像理所當然？

「你跟那個咖啡師很熟嗎？」高景海原本不想這麼問，卻忍不住開口。

「嗯？」楊明熙顯得很疑惑，「我不是講過了，我贊助過他的——」

「除此之外，還有別的嗎？」高景海抬起頭，「你都會隨便送人家衣服、手錶了，現在連機票都會送嗎？我怎麼知道他是不是……也是……」

「也是什麼？」

「也是跑到你家門口，一見到你就親上去……」

楊明熙板起臉，「好像不只有親吧？」

「呃……」

「不是連衣服都脫了嗎？還把我按在牆上？我很少有這種經驗，這真的很難得。」楊明熙一本正經地講幹話，講得高景海啞口無言，臉都紅了。

「那個……」

「你之前還在怪我老是把你壓在牆上，所以你在報復我，是嗎？」

「不是……啊啊啊！我剛剛要問什麼都忘了啦！」高景海抱著自己的頭，好苦惱，「那個咖啡師……不對，當我沒問，我這樣問很奇怪對不對？你忘了吧！請當作沒聽見！」

因為太可愛了，楊明熙很想笑，但這時候笑出來，高景海一定會生氣，所以他還是抿著唇，卻忍不住彎起嘴角。

「你好像太小看我家警衛了。你以為豪宅是這麼好進來的嗎？還是我們社區有很多人叫小姐，所以警衛才會這麼鬆懈……我是不知道啦，畢竟我沒那麼有錢，不知道有錢人都在想什麼。」

這講幹話的功力可以讓聽到的人都翻白眼。

楊明熙挑挑眉，「所以，你真的說你是我叫的小姐嗎？」

高景海只能承認：「我說我是你的投資伙伴，跟你約好了，你正在等我。我有投顧業的名片，警衛就讓我上樓了。」

「我就知道。」楊明熙對自己猜得八九不離十感到些許得意，而他打量高景海的眼眸也變得深邃，「你說是小姐我也不介意，反正，你來找我了。」

「……」

高景海怔怔地望著這個男人。

他怎麼可以這麼溫柔？他怎麼有辦法容忍自己這樣的人，還有種種不成熟的舉動？

「下次改用更簡單的方法，好嗎？」

「……你真的沒有封鎖我嗎？」

「我一直在等你跟我道歉。」

楊明熙也老實說了，不然他估計高景海根本不知道自己錯在哪裡，只有他一個人生悶氣就太不公平了。

「對不起。」

高景海把頭靠在楊明熙的肩上，閉上眼，沒有再看窗外風景。他不該那樣說楊明熙的，把自己的情緒遷怒到別人身上一點都不帥。

「這句話我已經聽過了，但是，再聽一次也不賴。」楊明熙輕聲地說，輕輕地撫摸高景海的頭。

$ $ $

按摩按到一半，高景海就睡著了。他醒來時發現楊明熙還在睡，他吃了一點點心，一個悠閒的午後就這樣度過了。

他一個人坐在休息室裡，看著窗外的風景，太陽依舊明亮，但已經有了宵色的陰影，等到落下的那個時候，顏色想必會變得更加濃郁。

他喜歡生活在都市裡，喜歡城市裡的繁華與富裕，喜歡舉目所見的高樓大廈，喜歡在這些大廈裡工作的上班族，因此想要成為他們的一份子，想要不落人後。

雖然工作很辛苦，那是幾乎不會有人歌頌的生活，大家都想要罵老闆，都想要多領一些薪水和獎金，都不喜歡奧客，都不情願加班。但是退一步想，繁華和便利是用錢堆積起來的，金融業做的就是金錢的流動，不管是銀行、證券、保險——就是因為有我們這些小螺絲，才撐起了這座城市的繁華，所以，怎麼可以不引以為傲呢？

——我怎麼會不喜歡這份工作呢？被罵了就想要退縮，太有失專業了。

『你不必贏我，那沒有意義。』

高景海突然理解楊明熙的話是什麼意思了，如果資金就像大海，楊明熙就像控制海浪的海神，那他要做的，並不是跟神明對抗，而是帶領他船上的客戶安然度過風浪。

他一直陷在其中，在意輸贏，放不下面子，卻忘了自己所扮演的角色。

他一直想要找一個避風港，想要撒嬌，希望有人為他承擔一切，但他忘了，很多事情不是他的錯。股票會跌不是他的錯，也不是任何人的錯。

「抱歉，我睡著了。」服務生拉開休息室的門，穿著浴袍的楊明熙走進來，「你吃過點心了嗎？」

「嗯，你還好嗎？有好好休息了嗎？」

楊明熙臉上泛起笑意，表情也變得溫暖，「怎麼是你問我？」

「我不可以問嗎？」

「明明是我想讓你開心的。」

「你已經做到了。」

高景海從沙發上起身，把楊明熙扶過來坐下。

楊大少爺這麼辛苦，為他出錢出力，他如果還對人家擺臭臉就太不上道了。

高景海將雙手握成小拳頭，搥搥楊明熙的手臂，幫他捏捏肩膀。就算做股票沒有很累，但楊明熙一天到晚打電動也是會累的。

「這是幹嘛？按摩師都按過了……」楊明熙挑眉，「你會按得比人家好嗎？」

「就是想跟你說謝謝啊。」

高景海不敢看楊明熙的表情，因為這種像小貓爪撓撓的舉動，他做了都覺得難為情。

「嗯，所以現在要先動手，再動嘴？」楊明熙拿起一杯養生茶。平常吃了一堆垃圾食物，這時候喝茶就覺得比較健康，「那你對我昨晚的表現還滿意嗎？」

「什麼啊……」高景海立刻愣住，手也停了下來。

楊明熙放下茶杯，握住高景海的手並拉過來，聞到精油的香味。

高景海的手背感受到熾熱的鼻息，手掌被楊明熙緊緊握著。兩個人的掌心相對，他擔心自己的手汗會傳過去。

「明熙……」

只是被握住手，只是那隻手離楊明熙的臉龐很近而已，高景海就覺得全身彷彿都在顫抖。

「你可以……先放開我嗎……？」他不知道要怪什麼，能怪楊明熙太會營造氣氛嗎？

楊明熙輕輕微笑，親吻高景海的手背，「我有握住你平常不讓我握的地方嗎？只不過是手而已。」

他用拇指磨蹭著高景海的掌心，輕輕地揉著，好像在對待一個他很珍重的東西，一個值得珍惜的人。

「雖然是手……但是，是我的手……」高景海喃喃地道。

他看著自己的手慢慢跟楊明熙的手握在一起，他抬起頭來，看到楊明熙那宛如星辰大海的眸子就近在咫尺。

「不喜歡的話，把你的手抽走。」楊明熙的嗓音低啞。

他慢慢閉上眼眸的時候，高景海也受到他的牽引，兩個人的嘴唇越靠越近，「拜託你，不要再說不知道了……」

最後，貼合在一起。

$ $ $

從飯店出來，他們一起沿著河岸散步。

河岸的兩旁經過整治，如今已經變成觀光休閒的地方，爸媽帶著小朋友出來玩，貨櫃市集和餐車林立，有賣吃的喝的，還有街頭藝人表演，很多人坐在河邊野餐。

高景海邊走邊伸懶腰，心情很好，身心舒暢，這才叫放假。

「好多人喔……」雖然他們沒有牽著手，但高景海心裡還是有一點期待，因為在兩個人並肩走著的時候，手會不小心碰到，「好久沒來這裡了。」

「會餓嗎？」楊明熙問。

「剛剛才吃完那麼貴的下午茶……啊！那是網路上很有名的漢堡！」高景海指著前方的餐車。

就在他的視線都被美食吸引的時候，他的另一隻手被楊明熙牽住。

楊明熙牽著高景海朝餐車走過去，但才走沒幾步，看到附近有那麼多人，高景海就悄悄抽回自己的手。

高景海點了招牌漢堡，但在他付錢之前，楊明熙就先掏出了鈔票。高景海看著包裝紙裡的漢堡，起司醬流出來，剛煎好的肉排還散發著熱氣，但他把漢堡遞到楊明熙面前，就像一隻先把骨頭獻給主人的小狗。

楊明熙咬下一小口，意思意思就好，「現在又不怕別人眼光了？你的標準真的很奇怪。」

「你才奇怪，不是說有錢人都很保守嗎？」高景海邊走邊吃，聽到街頭藝人開始表演，一上場就是一段輕快的旋律。

「也許我還不夠有錢。」楊明熙微笑，雙手插在西裝褲口袋裡。

其實，高景海有注意到，和楊明熙擦身而過的人、遠遠看見他的人有八成會回頭看，可能是因為楊明熙長得比較高又帥，穿搭優雅，像個明星。

楊明熙可能也注意到了，但他不在意。

「這裡改變了好多，感覺越來越像國外了。」楊明熙道。

「你常來嗎？」高景海隨口一問。

「不常，因為自己一個人來很無聊，要吃東西的話，我叫外送就好了。」

「這種地方就是要跟朋友一起來吃，點很多不同的，大家一起分享或是……」

觀光景點除了爸媽帶小孩來、學生三五成群，也有很多情侶。尤其是這地方有得吃、有得逛，一整片超大的水岸公園更是網美拍照的首選。

「沒事。」

高景海補上這句，畢竟他們不是情侶。

「那你呢？」楊明熙問，「你跟朋友、跟前男友，會去哪裡玩？」

「你問這個做什麼？」

「當作參考。」

「在家就可以玩很多了。」高景海曖昧一笑，隨後又覺得自己的想法很糟糕，「今天要不是你，我可能還是會一個人待在家裡，你讓我呼吸到了新鮮空氣……謝謝。」

「那個聲音我好像在哪裡聽過。」楊明熙思索著。

「什麼？」

「歌聲，我好像聽過。」楊明熙突然走掉，高景海只好跟在他身後。

他們來到一組街頭藝人面前，站在中間的是一位女歌手，站在女歌手兩旁的分別是吉他手和鍵盤手。

高景海認出那名女歌手，因為她有在草叢酒吧表演過。

「我記得她的歌聲。」楊明熙轉頭，看向身旁的高景海，「如果不是圍著一群聽歌的人，我是不是就能跟你再跳一次舞呢？」

「……」

高景海怔怔地不說話，但他望著楊明熙，發現楊明熙的眼裡沒有其他人。

無論那歌聲是否高亢，無論周圍是不是有人，楊明熙注視著他的眼神，彷彿他是世界上剩下的唯一一個人。

就在楊明熙想伸出手，將掌心朝上，對高景海做出邀舞的動作之前——高景海就壓住楊明熙的手。

「不要！」高景海的聲音不大，語氣卻很堅決，「你繼續當保守的有錢人不好嗎？」

「我說了，也許我沒有你想像的那麼有錢——」

「但我很保守。」高景海的意思就是在拒絕，不管楊明熙此刻有多少瘋狂的點子，他都拒絕，因為這裡不是草叢酒吧，不是飯店房間，「也許你忘了，但我還是一個財經網紅，你也有不能暴露身分的理由。」

「……你說的對。」楊明熙把目光放回到女歌手身上。

兩人靜靜地聽歌，直到高景海把漢堡吃完，他們都沒有再說話。

「還有想吃的嗎？」

「不用，很飽了。」

夜幕降臨，河岸亮起彩燈，當爸媽帶小朋友回家的時候，就是豪華遊艇出航的時候。船上想必都備妥了美食，讓客人能一邊欣賞夜景，一邊配著音樂和酒精狂歡。

高景海看到那些遊艇，再看看身旁的楊明熙，楊明熙拿著一瓶冰啤酒，邊走邊喝。

餐車市集總是能一次吃到不同口味的招牌菜，一個胃都不夠用，還有賣調酒的，但高景海的飯後飲料是現打果汁，感覺這樣比較健康。

「你有遊艇嗎？」高景海問。

「沒有。」楊明熙道。

「私人飛機呢？」

「也沒有。」

「……」

「失望了嗎？」

高景海倒是可以很肯定地回答：「沒有。」

「我有一陣子很怕晚上。」

楊明熙停下腳步，看著遊艇出港，船上的音樂聲隱隱傳來又慢慢消失，直到聽不到。

「……」高景海不解地望向楊明熙，等著楊明熙說下去。

「因為白天心情很不好，總覺得一天還沒過去，晚上就不想睡。晚上睡不著的結果就是白天精神不好，精神不好又讓心情很難變好，形成了惡性循環。」

「那時候是……發生什麼事了嗎？」高景海不禁有些擔心。

「我賺太多了，自信心爆棚，碰了不該碰的東西。你知道那是什麼嗎？」

「什麼？」高景海眉頭一緊。

「丙種資金[1]。」

「……」那是惡魔的誘惑。

「當時的金主知道我是誰後，一邊融資給我，一邊找別的主力跟我對作[2]。當時的狀況已經發展到跟現實的經濟層面脫勾，變成了單純的籌碼戰。我輸得很慘。」

「……」他沒想到楊明熙會對他說出這種事。

男人應該要是強悍的，一個體面、能呼風喚雨的男人，又有誰不會被他吸引？男人應該要強悍地扛起一片天，這樣才能吸引到想要躲在他保護傘下的人，但是，楊明熙展現出來的脆弱讓高景海的心弦跟著撩動。

「如果我是普通人，生活早就毀了。」楊明熙淡淡地道。

1　丙種資金：指股市中借錢給別人炒作股票的人。
2　對作：是指對部分人士的投股策略持反向操作。

高景海點點頭，表示理解，丙種資金相當於地下金融，不是普通人碰得起的。

「最後是家裡長輩出面解決的，但是，我就像留下了前科一樣。」楊明熙望著那艘遊艇開走後回歸平靜的河水，臉上的表情也波瀾不興，「我是不可能當上星海集團接班人的。一個體質良好的企業，不需要像我這樣的人。」

高景海可以想像到楊明熙揮霍著金錢，卻沒辦法想像這樣的人出現在公司會議上。看來要當霸道總裁也不容易。

「有了那次教訓，我出手就變得很謹慎。畢竟都是錢，每一塊都很重要——所以我砲都打免費的。」

「咳！」高景海差點被果汁嗆到。

「開玩笑的，你不會覺得我是一個很小氣的人吧？」

「我其實……不知道你是一個怎麼樣的人。」高景海照實說出心底的話，「當我以為你是這樣時，你又表現出另外一面，總是出人意料。」

「我不想在你面前隱藏我自己。」楊明熙喝了一口啤酒，「那樣很累。」

他轉頭望向高景海。

在燈光不明亮的地方、在附近都沒有人的時候，楊明熙才能看到高景海的眼眸裡有對他的渴望與溫情，好像快要滿溢出來了，好像在看到自己的脆弱後，想把他擁入懷裡，好好安慰。

楊明熙沒有刻意營造什麼氣氛，他就只是看著高景海而已，一整天都看著他。但他不知道，當他看著高景海，而高景海也看著他的時候，兩人的目光都變得很柔和。

「我喜歡跟你在一起，時光總是過得好快。」楊明熙伸出手，摸了摸高景海的臉頰，「還有想去哪裡嗎？」

高景海搖搖頭，「差不多該回家了。」

「回你家，還是回我家？」

那可能是一句玩笑，高景海卻覺得好像有弦外之音，「……都可以。」

楊明熙躊躇了一下，「我可以去你家嗎？上次沒去成……」

「上次？」

「沒什麼。」

「……我很久沒有帶人回我家了。」

高景海主動牽起楊明熙的手。

$ $ $

輸入密碼，打開門鎖，高景海住的地方是在精華地段的小坪數套房，但是透過裝潢，室內並不狹隘。

「我先去洗澡。」高景海摘下手錶，把皮夾和手機放在桌上就走進浴室。

楊明熙打量著室內，東西不多。

淺色的木紋櫃子分隔出床和工作區，有一台筆電放在桌上，旁邊有很多印出來的資料。不知道是不是有收納好的關係，室內沒有擺放照片、裝飾品、綠色植物等讓人看了會心情變好的小物，室內的東西都是有功能性的，像是桌子、櫃子、床。

楊明熙坐在小沙發上，覺得高景海才出乎他意料，因為高景海在節目上都穿得花花綠綠的，家裡卻很樸素，連寢具都是素雅的米白色。

三十分鐘後，當楊明熙都快要睡著的時候，高景海包著浴巾出來了。

「好了，換你。」高景海從衣櫃裡拿出一條新毛巾。

楊明熙覺得對方一定是誤會了，「我……不一定要那樣……」

「不然你來做什麼？」

「就看看。」楊明熙聳肩，環顧著室內。

高景海卻「噗哧」一聲笑了，「我才不相信，你說要來我家沒有任何目的？」

「我就是想多跟你相處一下。」楊明熙接下了那條毛巾。

楊明熙洗好後，身體還沒擦乾，才剛走出浴室，高景海的吻就湊了上來。他的唇之火燙，彷彿從來都沒有冷卻一樣。

高景海摟著楊明熙的脖子，一邊親一邊把人帶向床邊。他聞到楊明熙身上有沐浴乳的香味，是用他的沐浴乳，那是趁網路特價的時候買的，是什麼口味呢……有點忘了，但那香味混合著男人皮膚上的清爽氣息，讓高景海忍不住在接吻的時候抱緊楊明熙的身體。

高景海的手一直往下摸，把那條用來遮掩腹部以下的大毛巾抽掉。他輕咬楊明熙的下唇，再張開自己的嘴，讓楊明熙的舌頭能伸進來。

「我喜歡……你這樣……」高景海的眼神迷濛，但他牽著楊明熙的雙手，引導那雙手捧著他的臉，「好像我是你的……」

「你真可愛。」

楊明熙沒想到自己一個無心的動作，會讓對方記那麼久。

因為他不覺得這個動作有任何意義，不過就是在接吻時自然而然就做出來了。接吻的時候，重點在於那個吻有沒有辦法挑起對方的情慾、自己又覺得舒服，但他現在才知道，原來自己不經意的一舉一動，早已不知從何時開始就記在高景海心裡了。

楊明熙解開高景海的睡衣鈕釦，高景海則靠在楊明熙頸邊，嘴唇輕輕磨蹭。

那稱不上親吻，因為沒有留下濕潤的水痕，沒有激烈的咬痕或什麼痕跡，但高景海乾燥的唇瓣卻留下癢癢的觸感。他的呼吸落在楊明熙的皮膚上，宛如熱浪的吹打，讓這一個耳鬢廝磨的動作變得如情人般浪漫。

他望著楊明熙，在楊明熙脫下睡衣的時候抱著他的肩膀，一吻落在他的唇上。

楊明熙也抱著高景海轉身，把人放倒在床上。高景海的手臂沒有離開他，仍然維持著擁抱的姿勢，讓那一吻變得更深入。

楊明熙沿著高景海的脖子往下親吻，他也讓自己的唇瓣輕輕蹭過高景海的胸口、乳頭。在楊明熙的嘴唇蹭過時，高景海的心跳越來越快、呼吸變得沈重，輕輕廝磨比狠狠地吸吮還令人難受。他把楊明熙的頭髮揉亂，那髮梢還帶著水氣。

楊明熙抬起頭，把瀏海往上撥。高景海受不了了，趕快吻住楊明熙的唇，因為一個身材好的男人那樣做就像在拍廣告，太帥了！

高景海被吻得又躺回床上，唾液交換，唇舌交纏，方才輕輕廝磨過的嘴唇都乾澀不起來了，兩人的嘴角都是水氣與熱氣。

高景海仰起頭，楊明熙就沿著他的脖子親吻，留下一道道吻痕。

楊明熙把高景海的睡褲脫下來，看到高景海穿著性感內褲，他忍不住笑了，「你還真是出乎我意外之外。」

「你才是那個瘋狂的人，楊明熙。」高景海臉上毫無羞赧之意，唯有眼眸中的瀲灩，明明充滿了情慾，卻認真凝視著楊明熙，「把我壓在床上，緊緊壓住我，整個晚上都不要放開……」

「那太強人所難了。」楊明熙低啞地道。

高景海的性感內褲露出兩片臀肉，前面那塊輕薄的布料關不住飽滿的性器。楊明熙的手指沿著性器的形狀勾畫，故意揉捏著某個端點，讓前端沁出蜜液。

「我還想把你壓在別的地方，只有床上怎麼夠呢？」

高景海嗤笑出聲，「你會不會太貪心了？」

「就是因為貪心，才會輸錢啊……我覺得我輸在你手上了。」

楊明熙把那薄薄的布料脫下來，握著高景海的性器撫摸。

「唔嗯……嗯……」

高景海也伸出手，互不相讓似的，讓兩根越來越脹的東西靠在一起，變得濕潤。

忽然，楊明熙咬了一下高景海的耳垂，「套子在哪裡？」

高景海只能先放開手。他從床上爬起，打開床下的收納小櫃，把保險套和潤滑液拿出來，反手遞給楊明熙。

楊明熙拿到潤滑液後蓋子一開，把裡面的透明黏液擠到高景海的臀部上。

「哈啊……」

涼涼的東西沾到火熱的皮膚，高景海發出嘆息般的聲音。楊明熙的手指沾著潤滑液，探進臀縫，但光是用手指，已經滿足不了這具嚐過真槍實彈的身體。

高景海回頭望去，即使他沒有意識到，也不是刻意的，但他轉頭的姿勢就好像在叫身後的男人快點頂進來。

楊明熙抽出手指，看到那雙對他痴迷的眼，他沒有辦法忽略、不給高景海一個吻。他趴在高景海身上，用自己的身體把高景海壓著，雙手分別抓住高景海的手腕。

高景海趴在枕頭上，胸前是柔軟的床鋪，背後就是楊明熙的胸膛。

「唔……唔唔……啊啊……」

兩具身體緊貼在一起，碩大的性器也插進柔軟的小洞裡，高景海隱忍著聲音，不想叫得太大聲，怕會影響到鄰居。

楊明熙感受到高景海裡面的溫暖，內壁緊緊地收絞。他不疾不徐地抽插，並靠在高景海耳邊喘息，讓高景海聽了全身顫抖，好像耳朵會懷孕。

陰莖能比手指插得還深，頂到最敏感的地方時，高景海忍不住咬著下唇，因為這實在太難為情了。他之前還想著只要被幹到腦袋一片空白就好，在楊明熙身下他可以毫無顧慮地呻吟，但此刻當楊明熙抱住他的時候，他滿腦子想的都是楊明熙，反而不敢發出聲音了。

「唔唔……嗯……嗯嗯……」

「你怎麼了？」楊明熙停下動作。

「沒事……」高景海勉強擠出聲音。

「為什麼不像之前那樣叫了？我還滿喜歡你的聲音的。」楊明熙貼著高景海的耳朵說話，就算下面沒有抽插，還是讓高景海全身發熱。

「因為……這裡不是……一層一戶的豪宅……」

「哈哈。」

楊明熙的笑聲傳來，身體裡的振動也傳來，高景海雙手抓著棉被，舔了舔嘴唇，「不要停下來……」

「嗯，知道了。」

楊明熙抱著高景海的身體，他動的時候，高景海也跟著動。他把高景海的腰稍微翻過來，讓他在抽插的時候，高景海想怎麼摸就怎麼摸。

高景海閉著眼睛，快感像浪潮拍打過來，自己彷彿在一艘搖搖擺擺的船上，好暈，好燙。他本來在摸自己的，但突然也想摸摸楊明熙。

他舉起手，反手摸到楊明熙的頭，抓著楊明熙的頭髮一起擺盪。

高景海不知道自己再暈下去會怎麼樣，但此刻，他想要好好感受這個男人。

楊明熙對他的愛撫、對他的頂弄，在抽插的時候抓著他的胸膛，在快要高潮的時候舔吻他的後頸，高景海心想，自己應該很久都不會忘。

他突然想起在草叢酒吧認識楊明熙的時候，楊明熙對他報上大名，因為——「以防你等一下需要叫我的名字」。這個男人真的很有自信……他都不怕出來玩被起底嗎?他說他都打免費的砲對吧?高景海想著想著，表情像是在哭，也在笑。

「明熙，你可以叫我的名字嗎?」

「高景海?」

「可以親暱一點嗎?」

「景海……」楊明熙想了一下，他記得在草叢酒吧聽過老闆的叫法，「阿海?」

高景海轉頭和楊明熙接吻，在這個濕潤又火熱的吻裡，他摸著自己射了出來，楊明熙也在內壁突然的一陣緊縮下，隔著套子射在裡面，「我就說，誰叫誰還不一定呢……但我喜歡你叫我的聲音。」

第六章

「趙祕書。」

上班日，趙祕書一進辦公室就看到老闆眉開眼笑地站在落地窗前，手上拿著一杯蜂蜜水，覺得好像有哪裡不對勁。

明明外面在下雨，這種濕濕冷冷的天氣容易使人憂鬱，但站在落地窗前的楊明熙卻好像外面是晴空萬里。

「週末過得好嗎？」

「是的，謝謝關心。」

這是第二個警訊，因為楊明熙很少——是幾乎不會——過問員工的私生活。

隨口問一句「週末過得好嗎？」，這種再平常不過的閒聊用語幾乎在每個辦公室裡都會出現，但在楊明熙的辦公室不一樣。楊明熙是不會問候員工的，因為他不在乎員工的程度會讓每個嚮往自由的社畜羨慕。他不在乎辦公室的氣氛或是誰要跟誰好的問題，也不需要員工跟他應酬，有做到他的標準最重要，然而，他的標準很難達到，所以大家其實也沒有心思閒聊，一上班就緊盯著電腦。

因此，楊明熙會講這句話，主要並不是想關心員工的週末，而是想講自己的週末。

「我過了一個很棒的週末，今天早上起來時神清氣爽，所以沖澡時，冒出了一個很棒的想法。」

趙祕書臉上不動聲色地心想：果然被我猜中了。

楊明熙的衣服是第三個疑點，他穿著淺色休閒西裝，那看起來像要出去玩的風格，不適合出現在嚴謹高壓的操盤室。

雖然楊明熙平常並不在乎員工的穿著，只要可以為他賺大錢，你要穿著一條內褲來上班都沒關係，但他自己還是很在意服裝儀容的。

「我看過你整理的資料了，綜合其他人的建議，我認為，K社上市後的股價……非常有可能會崩盤。」楊明熙走回辦公桌前，放下裝著蜂蜜水的玻璃杯。

他的眼神之認真，讓趙祕書不禁吞了一口唾沫。

「如果是私人公司，那他想怎麼搞就怎麼搞，但是一經上市，公司的財務狀況就會被公開。K社有一些去向不明的轉投資，至今都還在虧損，融資已經融過一輪又一輪，這些都不是問題。」

「……」趙祕書閉口不言，等著老闆發號施令。

「你要問我，那什麼才是問題？」

「那什麼才是問題？」

順著老闆的意思，就是祕書的工作。

「單就K社的基本面而言，這真的是一間能讓我賺錢的公司嗎？」楊明熙道出自己心中的疑慮，「順著風向吹，你可以飛得很遠，但是如果你身上沒有裝備，如果這高度是你承受不起的，那墜落時造成的傷害，也會很可觀。」

窗外的雨勢悄悄變大了，好像氣溫也下降了，趙祕書悄悄打了個冷顫。

一家公司會選擇上市的理由有很多，其中不外乎就是要融資，白話一點，就是從投資人手上拿錢。

公司拿到這筆錢後就能生產、提供市場所需，進而提升公司的價值和競爭力，這中間如果有虧損，就由投資人共同承擔，如果賺到了錢，則由投資人共享，這就是股票的最原始意義。

然而，金融市場演變至今，早已衍生出很多種玩法，不同的投資者對不同行業、未來、總體經濟環境也會有不同見解。

「有人說我不夠瘋狂，你覺得呢？我的作風太保守了嗎？」

「那不是我該評論的。」趙祕書恭敬地回答，但他在心裡暗忖：那個說你不夠瘋狂的人是瞎了眼嗎？

楊明熙言歸正傳：「我不認為他們會走傳統的ＩＰＯ，傳統的ＩＰＯ曠日廢時，上市有可能會被拖個一到兩年。一間很需要錢的公司，不可能忍這麼久。」

「那……」

「SPAC[3]，如果他們用SPAC上市，時間可以被縮短到幾個月，股價也會掌握在特定人士手中，那就不容易崩盤。」

「那……難道不好嗎？」大家都不喜歡股票跌，這點常識趙祕書還是有的。

「不知道。」楊明熙聳肩，「會讓投資人虧錢的又不是只有股價。」

他說得輕描淡寫，這已經很有風度了。

「新創公司是很燒錢的，我外公在K社投了一點八億美元，他一定是感覺到了哪裡不對勁又不想認輸，才會叫我幫他看一下。」

楊明熙一個人沒辦法處理那麼多資料，他對該產業也不了解，才會把一堆專業人士叫來家裡，趙祕書也是其中之一。

趙祕書想起週五晚上，有一個男的來找楊明熙……

算了，他還是不要探究老闆的私生活好了。

「我的目標是幫他把這一點八億抽出來，如果成功的話，我要吃下這一點八億美元。」

「……什麼？」趙祕書抬起頭，一臉訝異。

楊明熙卻說得好像下午有一場會議、要跟客戶簽合約一樣，彷彿這就是他的例行公事，平淡無奇。

3　SPAC：意指特殊目的收購公司。

他望向落地窗，一早就下大雨，遠方打下一道落雷，玻璃上也都是水珠。

但是，大雨過後，必有天晴。

「趙祕書，幫我訂機票。」

楊明熙回過頭看，大螢幕上的台股指數有了一點反彈，但由於投資人還是很恐慌，稍有一點反彈就會立刻賣出，導致指數又往下壓，但壓的幅度沒有很大，多空交戰中。

「是，要去哪裡呢？」趙祕書問。

「每個國家的金融市場玩法都不同，他們想在美股上市，我最好還是去美國一趟。」

「需要我同行嗎？」

「不用，我會叫外公派人來接我，我要去K社看一下，有些東西是書面資料看不出來的……」楊明熙突然想起一件事，「對了，你去調星海集團泰國分公司的財務資料，整理好後傳給我。」

「是，請問如果有人問起，要透露是您指示的嗎？」

「先不要，就說是……總公司的財務長指示的。反正你出面的話，財務長最後都會知道是我，但先不要讓不相干的人知道。」

「我明白了。」

$ $ $

「去美國出差？」回家路上，高景海一邊走一邊講電話，「這麼突然？」

『也不突然，有需要就去了。』

聽到手機裡傳來楊明熙的聲音，明明是平淡無奇的一句話，高景海卻覺得心裡好像溫暖起來了。

下過雨的馬路濕濕的，還好下班時雨已經停了。高景海下班的時間基本上都看不到太陽，走在回家的路上也都沒人，整條街都很安靜，商店都關門了，所以能有個人的聲音陪著自己，感覺很好。

「要去多久？」高景海問。

『還不確定，可能要花一點時間，所以我沒訂回程機票。』

「我會想你的。」

想起今天早上楊明熙直接從他家去上班，衣服都沒換，高景海的嘴角就止不住上揚。

但是他講完那句話後，楊明熙卻突然沒有回應，讓高景海十分不安。

「我這樣講……是不是很奇怪？……抱歉，我不是想造成你的困擾……」

『沒有。』楊明熙很快回答，『只是，很久沒有人跟我說想我了。』

高景海不太相信，心裡卻有點慶幸，「真的嗎？」

楊明熙笑了一下，他已經回到家了，正在準備出差的行李。房間裡東西亂成一地，還好沒被高景海看見，『你今天過得怎麼樣？』

「很辛苦，但我撐得住！」

『不用我擔心了嗎？』

「你有擔心過我？」

高景海的表情都要藏不住了，好在晚上沒人，不然自己邊走邊竊笑的樣子有點像變態。

『如果你又發生了什麼鳥事，需要別人安慰，但是我不在你身邊，你是不是會去找別的按摩棒？』楊明熙在考慮要帶哪一套西裝，他有選擇障礙。

「幹嘛那樣講！」高景海瞬間臉紅，「你才不是……我是說，我才沒有把你當成……那種工具……」

『唉，我真沒想到自己也會有被當成工具人的一天。』

西裝的套數不是問題，但行李箱的空間是有限的，楊明熙出門不喜歡帶著大包小包，於是他決定帶最普通的那套，其他到當地再買。

美國紐約不僅是古老的金融交易中心，也是時尚潮流的集中地，很多人、很多文化都聚集在那裡。

「就說了，我沒有把你當作工具人！」

高景海的聲音聽起來有點生氣了，但楊明熙在偷笑。

『別騙人了，你心裡就是把我當工具人吧？』

「沒有！」

『你想找人幹的時候會直接跑到我家門前，你宿醉的時候我把你帶回家照顧，你小便的時候我還幫你扶過雞雞。』

「什麼！」高景海瞬間大叫，他都不記得有那種事了。

『都為你做到這種程度了，原來我還是工具人啊？』

「我都說不是了……」

高景海現在只想挖洞把自己埋進去。

他回到家，把電腦包放下，坐在小沙發上，「我真的沒有把你當工具人，你也不要再說這種話了……」

『那你，把我當成什麼？』

「……」

我不知道——這四個字明明很簡單，高景海卻很難說出口。

「你坐什麼時候的飛機？」

『明天下午。』

「好快……你真的沒有私人飛機嗎？」

『沒有，是頭等艙一直都有位子。』楊明熙等了一會兒，高景海也沒有說話，『我會帶禮物給你，你想要什麼？』

「……都可以。」

高景海從客廳窗戶看出去，也看到了那座作為城市地標的高塔，但是，他的高塔會隱沒在附近林立的住宅公寓裡。

——我們真的能在一起嗎？

——不，在思考這個問題之前，我們的關係能被稱做「在一起」嗎？

高景海突然覺得很不安，尤其是想到週末要一個人過，就覺得好鬱悶。

「我已經開始想你了。」他盡量讓自己的聲音聽起來不要太失落，「我可以看你嗎？」

『看我……？什麼看我？』

「可以開視訊看你嗎？」

『不行！』

楊明熙馬上回絕，快得讓人起疑。

他看了看四周，除了滿地散亂的物品衣服，他身上一絲不掛。因為剛洗完澡，單身一個人在家，隨性一下是很正常的，但他不想讓高景海看到自己這麼邋遢……呃不，是隨性的一面。

『我現在有點不方便。』

楊明熙語氣輕鬆，但高景海沒辦法看到他尷尬的笑容。

「還好嗎？」你身邊該不會有其他人吧？

高景海心裡這麼想，卻不敢說出口，讓他覺得更鬱悶了。

『沒事，就是……我準備要睡了。』

「喔……」高景海看看時間，的確很晚了，「你明天要出國，早點休息吧。」

掛斷電話，兩人在不同空間裡都嘆了口氣。

楊明熙繼續收拾行李，並覺得有點冷了，趕快去把衣服穿上。

高景海則把手機放一旁，拆下領帶、脫掉西裝外套，躺在沙發上。

平常下班後回到家，只有洗澡、睡覺一途，因為隔天又要早起，投入壓力很大的職場環境，不過現在多了一件事可以做——想念。

把時間花在想念一個人，卻計算不出結果的感覺是很令人惶恐的。因為那種感覺跟暈船不一樣，暈船還可以告訴自己那不過是暫時的，而且沒有結果，只要意淫完、爽完就可以結束了，這種爽感很容易隨著時間淡化，或是因為遇到新對象而被覆蓋。

但想念不一樣，想念是不確定結果的。那不限於意淫完或爽完的時候，是會無時無刻纏繞著自己，只要一靜下來就會浮現在腦海裡的……某個人。

那種感覺，令人心痛又忍不住陷下去，明知道不會有好結果，卻仍有著想要義無反顧的瘋狂。

高景海試著讓心情沈澱下來，但二十四小時之前發生在這間房子裡的事就像一場夢，他都不確定那到底是真的還是假的。

跟男人上床是真的，但是床單上應該沒有他的味道了。早上他們沒一起吃早餐，有點可惜，因為楊明熙不想留在他家吃早餐，他家也沒東西吃了。

但是楊明熙在離開之前，還是有給他一個吻。

高景海抿了抿嘴唇，望著天花板發呆。他好久沒有躺著什麼事都不做了，想念一個人，原來不僅是沒有結果還浪費時間的事，但是，他一點都不覺得可惜。

他拿起手機，在訊息欄掙扎許久，最後連一個字都沒有送出。

明明想說一句「晚安」的，明明想問他「你到了國外還會聯絡我嗎？」、「你可以傳風景照，讓我看看你在哪裡嗎？」、「你可以跟我分享你在做什麼嗎？」、「你可以讓我了解你嗎？」……

明明有很多話想說，可是都不敢。

——因為我們什麼都不是，沒有特別的關係。

高景海邊走邊脫衣服，丟進洗衣籃，走進浴室。

他站在蓮蓬頭下沖澡，吐氣，嘆氣，卻沖不掉心裡的鬱悶感。

——好想你……

隔天下午，高景海在看盤後資料的時候，手機響起聲響，是楊明熙傳來了一張照片，是從飛機窗戶拍出去的照片，可以看到空橋。

要起飛了嗎？這種時候要回什麼呢？高景海發現自己欠缺這種經驗，因為楊明熙的照片太「家常」，彷彿就是隨手一拍，這種時候只能按讚。

高景海把手機反過來放，繼續專注在工作上。他這才體會到，要談個普通的戀愛原來是這麼困難，他想知道對方在做什麼、希望能與某個人分享生活，但是楊明熙的生活是他觸不可及的，兩個人沒有共同的生活圈、價值觀，只是碰巧有一點共通的話題，相處起來也很舒服……這樣就可以了嗎？

心裡很不安，沒有安全感，所以會下意識地想逃避。如果能把事情簡化到打砲就好了，就像工作上這些複雜的數字、圖表，金融市場上眾說紛紜的各路消息，如果能簡化到哪支股票會漲、哪支會跌就好了。

$ $ $

飛機一落地，楊明熙馬上打開手機，但除了照片旁邊小小的已讀和讚，沒有新訊息。

他有點錯愕。

航空公司派了私人管家來，這一路上都有人幫他提行李、通關、帶路，他只需要專注在一個東西上——他的手機。

「是網路有問題嗎？」

楊明熙把手機重開、重啟網路、更新ＡＰＰ，但就是沒有新訊息，一直停在那該死的已讀和讚。

「為什麼會這樣？他難道就不想我嗎……？」

才過一天而已，可能在忙吧。楊明熙坐進黑頭車裡，前往下塌的別墅。

路上，楊明熙跟外公通過電話，得知媽媽去歐洲玩了，這次可能見不到面。

媽媽現在有男朋友了，楊明熙看過那個人的照片，還是從外婆偷偷傳給他的，但是這種事他又能怎麼樣呢？他已經長大了，不該介入父母的私生活，也沒有資格跟他們討拍了。

雖然理智上知道，但心情上還是有點悶悶的，他想要對某個人訴說這樣的心情，可惜自己只有一個人，連個旅伴都沒有。

$ $ $

接連幾天，高景海都會在晚上收到楊明熙傳來的照片，有時候是一杯咖啡、一份午餐外帶、紐約的時代廣場、中央公園、華爾街的銅牛……雖然現在有很多金融機構的地址已經不在華爾街了，但那還是觀光景點之一。

高景海就不懂了，這傢伙是去出差還是去觀光的？

他又傳來了一張，是由下往上拍的自由女神像，好像自由女神在用鼻孔看人，讓高景海很佩服這人的取景角度。

每張照片不是已讀就是按讚，不然高景海不知道要回什麼才好。照片裡都沒有楊明熙本人入鏡，彷彿他就是走到這些地方隨手一拍，是他的生活記錄。

高景海看著照片，有時候會想，他得到了自己想要的東西：了解對方的生活，但是為什麼還是會有空虛的感覺呢？

有一天晚上回到家，剛洗完澡，高景海躺在床上瀏覽財經新聞的時候，突然有一則標題跳入眼簾：『**星海集團少東深夜密會旅美大提琴家**』。

高景海點開網頁，先是那位大提琴家的照片，下面有寥寥幾行文字敘述，但沒有楊明熙的照片，也沒有模糊不清的狗仔偷拍照。

新聞裡寫到，星海集團少東跑去美國揮金如土，認識了某位大提琴家，這位大提琴家是音樂世家的長女，家族在歐洲有產業。

「哇……」高景海不禁讚嘆，連緋聞都傳得跟別人不一樣，好有氣質喔！

他繼續往下看……根據飯店員工表示，星海集團少東出手闊綽，並且在深夜開著名車載著這位大提琴家出入高檔飯店和夜店……

「居然有人敢讓楊明熙開車？」

高景海覺得好像有哪裡怪怪的，忍不住撥了通電話。

等電話接通的過程中，高景海心裡七上八下。

不要接、不要接、不要接……

他怕聽到楊明熙的聲音，但如果不打這通電話，自己一定會睡不著。這算是一時衝動之下的舉動，雖然他現在沒有喝酒。

『喂？』

聽到那低沈磁性的嗓音，高景海差點窒息在枕頭上。

他有什麼資格質問楊明熙半夜要跟誰出去？楊明熙身為一枚單身優質男性，他想要跟誰出去是他的自由啊。

『喂……高景海？』

「啊對，是我……」高景海剛開口就後悔了。

對什麼啦！現在是打給損友約吃飯嗎？不是啊！現在是打過去捉姦……也不是！通姦已經除罪化了，楊明熙想要載誰出去是他的自由！

——再重複一遍！

「楊明熙想要跟誰——」

『什麼我想要跟誰？』

「啊啊啊啊！」高景海不小心把心聲說出來，整個人從床上彈跳而起。他手忙腳亂地接住手機，才沒讓手機摔到地上。

遠在地球另一邊的楊明熙因為被高景海的尖叫聲嚇到，把手機拿很遠。

『……你還好嗎？』

「我我我家有蟑螂……哈哈……剛剛看到蟑螂……」

『噢，』楊明熙不禁同情起對方，『要我叫清潔公司過去嗎？』

「不用啦！你太誇張了，我剛剛只是突然被嚇到，小事啦，牠已經飛走了……」

『什麼？還會飛？』楊明熙突然不淡定了，他很擔心高景海的居住品質，『那太可怕了，不過，我上次去你家的時候還滿乾淨的，該不會是鄰居吧？你知道蟑螂這種東西不只是你家要打掃乾淨，你家附近也必須打掃乾淨！可是通常鄰居是最沒辦法管控的！』

「呃……楊明熙，沒事了……」

『天啊，你那邊應該很晚了，你這樣睡得著嗎？很害怕嗎？是因為蟑螂才打給我的嗎？我現在沒辦法回去幫你打蟑螂，真是太遺憾了！』

「不，我沒事……」被這樣一嚇——不知道是誰嚇誰——高景海都忘記自己是要來興師問罪的了，「呃……對了，明熙，我是想問你……」

『我叫金司機去幫你打好了。』

「不用！」高景海不想被對方怨恨。

『你不用跟我客氣。』

「我沒有！」

『高景海，這完完全全就是一件小事，我很樂意協助你，但是我現在分身乏術，我知道你很害怕，你果然是因為害怕才想起我，需要我的幫忙，對吧？』

「真的、不是。」高景海傻眼了。

他是在跟楊明熙的複製人講電話嗎？楊明熙怎麼會變得那麼熱心？讓他好不習慣。

『我知道你一直把我當成工具人，需要我的時候才會找我，但沒想到這次是為了打蟑螂，你一個大男人也會怕那種東西，真是……』遠在地球的另一邊，楊明熙臉上在偷笑，可惜高景海看不到。

「我不是為了蟑螂才打給你的！」

『不然是想在電話中跟我做愛嗎？』

「啊？」高景海已經被嚇到目瞪口呆了，「你你你你旁邊沒人吧？怎麼能講這種話……」

『沒人啊。』

「……你在哪裡？」

『客戶公司。』

「想不到你也會認真工作。」高景海還以為這個人只會炒股。

楊明熙笑而不語，投資就是他的工作，但這種話還是不要說了。

『你打來到底有什麼事？』

高景海在心裡感嘆，這個人真的很敏銳，不愧是主力，「我有事想問你。」

『什麼事？』

「呃……」高景海想起那則新聞，又覺得自己這樣的行為不怎麼妥當，「你在那邊過得怎麼樣？」

『真的想我了？』

「……」高景海不想回答，「你還要很久才回來嗎？」

『嗯，可能還要再一陣子。』

是什麼樣的出差，居然可以不用先訂回程機票？高景海只能認為，是楊明熙財大氣粗，走到哪裡都可以找到飯店住，不然就是……他在那邊有房子，所以這對他來說不是出國，是「回家」。

「你平常都在幹嘛？」高景海知道自己這問題很爛，但他想不出來了。

『嗯……』楊明熙覺得這很難回答，『吃飯、睡覺？』

「噗！」高景海忍不住笑了。

『真的啊，每天都在吃，沒有一分鐘讓我餓到的。』

「你那邊是不是快中午了？」

『嗯。』

「你午餐吃什麼？」

『咖啡和三明治，他們特別為我泡的，很香……我不知道叫什麼名字的咖啡。』

「他們是誰？」

『喔，我等一下要開會，但我早到了，就先坐在裡面等，一邊吃午餐。』

楊明熙的確是來早了，但他沒有說有一堆人想跟他吃午餐，都被他婉拒了。他明白「吃東西」有時候具有社交性質，但他難得出國一趟，心情上想要輕鬆一點。他一個人待在會客室裡，沙發坐起來很舒服。
還好有拒絕那些人，這樣才能接到高景海的電話。
『你要睡了？』楊明熙溫柔地問。
那聲音讓高景海心底一震，好像這幾天的寂寞都可以不算數，有什麼不開心的都可以往肚裡吞，「嗯，準備要睡了，我都躺在床上了。」
『可以看你嗎？』
「看……看什麼？」高景海下意識摀住胸口，抓住棉被。
『你躺在床上的樣子。』
「我、我有穿衣服喔。」
『剛好，我也有。』
楊明熙忍著嘴角上揚，盡量不要讓自己表現得太雀躍。可以聽到高景海的聲音、跟這個人閒話家常，能讓他忘記很多不愉快。
『高景海，你真的沒有想我嗎？』
高景海繼續迴避問題。
「我打來是想問你……」高景海抿了抿唇，停頓下來，他不想因為說錯話把兩人的關係弄僵，「你有……你……」

『嗯？』楊明熙不解，高景海為什麼吞吞吐吐的？

「你有開車嗎？」

『……』

楊明熙也停頓了一下，心想，高景海該不會又喝酒了吧？所以這一切都是酒後的胡言亂語嗎？因為喝了酒才想起他？

『什麼開車？』楊明熙的語氣隱含著一點憤怒，但高景海沒聽出來。

「就是晚上你一個人出去的時候，你有開車嗎？」

『我為什麼會晚上一個人出去？』楊明熙的額頭上有青筋在跳了。

「我怎麼知道你為什麼會晚上一個人出去？我只是想問，你有開車去載誰嗎？」

『我為什麼會開車去載誰？我身邊的人都……』

他身邊的人，從家人到員工都像講好了一樣，永遠不會把車鑰匙交到他手上。但這種事說出來就太沒面子了，於是楊明熙趕緊改口：

『咳嗯，不是我不會開車，是有司機了，我不需要做那件事，時間、精力就可以省下來。』

「所以……」所以那篇報導有可能不是真的，但是也不能排除是司機載著楊明熙和那位大提琴家。

『喂，高景海，你問我這些，你的目的是什麼？』

「我、我哪有什麼目的。」

『你以為我聽不出來嗎？』

「……」

再辯解下去沒有任何助益，高景海就把新聞的網址傳給楊明熙。

楊明熙點開網址，滑了幾行就露出一個高景海看不到的微笑，『知道了，我會處理。』

「處理？你要處理什麼？」高景海不解，是楊明熙的思維跟常人不太一樣嗎？正常來說，這種時候不需要先解釋嗎？

『嗯……我還不確定，這種事水很深，應該要讓一些人長一下教訓，特別是星海集團少東這幾個字，我不喜歡看到它出現在媒體版面上。』

「你不否認嗎？」

『喔，我是有跟溫小姐吃過飯，但那是在一個很多人的場合，好像是什麼議員還委員的募款晚宴，我只記得那邊的香檳不比我在飛機上的好喝。』

「你是去那邊吃喝的嗎？」

『怎麼？你吃醋了？』

高景海不願往那個方面想，「你身為一家上市公司的老闆兒子，這種消息傳出來是會影響股價的。」

『原來你這麼關心星海集團的股價，還真是謝謝你啊！』

楊明熙話裡的諷刺，高景海聽得出來，讓他心裡有點酸酸的。

『我就知道你不是想我才打給我的，不然你早就開視訊，讓我看你自摸的樣子了。』

「我就算想你，也不會讓你看……」高景海講到一半突然打住，他希望楊明熙沒有聽出弦外之音，又希望楊明熙有跨海讀心術。他的內心十分矛盾，連自己也整理不出個所以然，「總之……就是那樣……」

『你真的沒有想過，我摸你的樣子嗎？』

「……」

聽著那低沈的嗓音，高景海又有陷入曖昧氣氛的錯覺，好像楊明熙來到他身邊，一雙大手正鑽進棉被裡，熾熱的手掌貼著他的腰慢慢往上摸，摸到他的胸口。

『我們一起共度的時光，你就真的一點都不想念嗎？』

「……」

『我吻你的時候，我喜歡抓著你、把你固定在我面前，讓你眼裡只能看到我的時候……你真的，一點感覺都沒有嗎？』

楊明熙的呼吸、氣息……

當他呢喃低語的時候，好像一波波的熱浪沖刷過來，把船震得搖搖晃晃。

高景海閉上眼睛，一隻手伸進睡衣裡，但是當他把手貼在肚皮上時，手上的熱度讓他驚覺──我現在在做什麼？

『你在摸自己嗎？』

「沒有！」他怎麼好像真的有讀心術？高景海快嚇死了。

『可是我想摸你。』

高景海舔了舔嘴唇，好像那裡也變敏感了。明明只是自己抵一下而已，明明是自己的指腹輕輕擦過唇緣，卻覺得那就是楊明熙的手，楊明熙的唇也靠過來了。

『我不會急著讓你高潮，我說過我是一個很有耐心的人，一下子就攀到頂點，那不是一下子就玩完了嗎？但我喜歡看到你為我顫抖的模樣。』

──不管了。

高景海的手伸進自己的內褲裡，手指帶著一絲猶疑，想碰又不敢碰，總覺得好像有什麼禁忌似的。明明就是自己的身體，此刻卻不像自己的……好像被楊明熙掌握住了，好像是楊明熙正在摸他。

『我承認，把你壓在床上的時候，我確實很想看到你因為我高潮，但是，啊……不管怎麼幹你都射不出來，我的自尊心在你面前變成了多餘的東西，那我就讓你用你舒服的方式，反正你最終還是會叫我的名字。』

「明熙……」

『就像這樣，你感覺到我在你身邊了嗎？』

「……」

高景海擰著眉，他聽到楊明熙那聲「啊……」的嘆息就受不了了。

他咬緊牙關，不想讓自己的聲音洩漏出去，然後把褲子全脫下，手指沾著潤滑液，擼動自己的性器。

『你在用什麼姿態想我呢？』

高景海張開雙腿，濕滑的手指在穴口打轉，雖然那個地方有點空虛，想要被填滿，但是勃起的陰莖更需要撫慰。他閉著眼睛撫摸自己，想像楊明熙的大手也覆蓋在他的手上。

『你覺得我是很特別的人嗎……你會想要我吻你、含你，還是，插進你的身體裡面？』

——不能讓……聲音……

高景海一手拿著手機，因為他不想開擴音，不想讓奇奇怪怪的聲音收錄進去，同時，他必須讓楊明熙的聲音落在自己耳朵裡，連呼吸聲都不放過，因為他貪婪地渴求著任何一點屬於楊明熙的東西。

『在我插進去的時候——還是當我跟你靠在一起、你流出來的水也沾到我身上的時候，你才會想起你有多需要我嗎？你想要我把你壓在哪裡呢？』

「……都、都可以。」高景海用顫抖的話音，小聲回答。
『我該拿你怎麼辦才好？』
「你要怎麼對我都好……」
高景海的手勢加快，眉頭也擰得越緊。他仰躺在枕頭上，手機掉在枕頭和肩膀的夾隙間，並用一隻手撫慰著自己，一隻手伸到後面去。
「啊……」
他馬上讓聲音停下來，只有微微張開的嘴唇在空氣中顫抖。
『那我就不會只吻你了，我不准你穿衣服，我要你一整晚都坐在我身上……』
「啊啊！」
『等一下。』
精液噴射而出，加上楊明熙說的那句話，高景海整個人瞬間冷卻下來。
高景海抽了幾張衛生紙，躺在床上，聽到楊明熙跟誰講了幾句英文。實際上在講什麼他聽不清楚，但楊明熙很快就回來了。
『抱歉，我要先掛了，我東西還沒吃完，等一下開會的時候我不想延後開始，必須先準備一些資料。』
「喔，好。」高景海恢復理智，「你忙吧。」

『抱歉。』

「不會啦，工作比較重要……」

『你還會打給我嗎？』

「……」

或許是完事後的賢者時間讓他的腦袋卡住了，高景海愣了半天，說不出半個字。

楊明熙嘆了一口氣，『你早點睡吧，晚安。』

「明熙！」高景海叫住對方，「你哪一天回來？我去接你。」

『我有司機了。』

「我會坐在你旁邊，你想對我做什麼都可以。」

在楊明熙的輕笑聲中，電話掛斷了，高景海繼續躺在床上，步入夢鄉。

第七章

高景海收到的照片多達上百張，從高樓大廈到古舊建築，從紐約到不像紐約，讓高景海看到了有別於觀光手冊的照片。

高景海後來才知道，楊明熙沒有住在曼哈頓的高級飯店，而是租了一棟別墅，離市區開車要四十分鐘，理由是他覺得飯店太貴了。有時候他會先坐車到地鐵站，再轉搭地鐵，因為地面上塞得天怒人怨，有時候他會坐直昇機，因為睡過頭。

兩週後，楊明熙回來了。

高景海沒有去接楊明熙，因為楊明熙的飛機下午到，那個時間高景海還在上班，但晚上他下班回家的時候，看到楊明熙站在他住的社區樓下。

「等很久了嗎？」高景海快步上前，對楊明熙露出微笑。

「不會，我看到你直播結束後才來的。」

高景海每週會在固定時間在公司直播解析台股大盤，直播完都九點了，東西收一收下班回家，到家都十點多了，所以他下班回家後只有洗澡、睡覺一途，隔天又是忙碌的一天。

高景海帶楊明熙搭電梯上樓，注意到楊明熙提著一個紙袋，「那是什麼？」

「紀念品。」

「那麼大一盒？」高景海按了密碼，打開門，「你今天剛回國還過來找我，不會很累嗎？」

「不會，我有休息過了，除非你不想讓我過來。」

「我沒有，但是……」高景海走進客廳，脫掉領帶和西裝外套，「我明天要上班，所以……沒辦法跟你做什麼。」

「……」楊明熙垂下眼眸，高景海這麼容易誤會他，讓他有些失望，「我只是來拿禮物給你的。」

楊明熙拿出裝在航空公司紙袋裡的盒子，高景海不禁眼睛一亮。那黑色的瓶身上貼著橘色標籤，是傳說中的法國凱歌香檳貴婦。

「我在飛機上覺得很好喝，就叫航空公司幫我準備了。」

「你還真是有吃有喝，又有拿耶……」高景海都不知道要怎麼說這個人了，只能笑著拿出兩個馬克杯，因為他家沒有喝香檳用的杯子，「早知道我就去買滷味或鹹酥雞回來了。」

「我叫金司機……」

「不用了。」高景海輕聲道：「這麼晚了，我也吃不下太重口味的東西。」

其實是高景海不想麻煩人家，雖然楊明熙的觀點可能跟他不同，認為司機是有領薪水的，他大少爺想要怎麼使喚都可以，但高景海就是不想這麼做。

高景海烤了隔天早餐要吃的土司當下酒菜，兩人各拿著一杯馬克杯，坐在沙發上。

「你出差還順利嗎？」

高景海知道這一定是廢話，但坐在楊明熙身邊，如果不找點話題，好像氣氛又會變曖昧。

「嗯，談了很多事，也見了好久不見的朋友，就是每天都在吃，我都不敢量體重了。」

高景海哭笑不得，「為什麼會一直吃啊？」

「我也不知道，就一堆晚宴、餐會。我告訴你，真的不誇張，我手上只要拿一個酒杯，裡面就從來沒有空過。」說完，楊明熙碰了一下高景海手裡的馬克杯，喝一口香檳，「你呢？還好嗎？」

「你說的是對的。」

「嗯？我說了什麼？」

楊明熙搞不清楚自己說過了什麼，但這不是他喝太醉的關係。

「我能做的都做了，結果沒有很糟。這就是我想做的事。」

一改前陣子的罵聲，高景海的教學影片和直播底下開始有人反過來感謝他。他讓很多人了解金融市場的運作，對新聞、個股的分析也很到位，有些客戶還會準時收看。

股票不會永遠上漲，也不會永遠下跌，目前還處在震盪走勢。雖然未來不知道會往上還往下，但是在資金浪潮中求生存，怎麼帶領客戶度過風浪就是他想做的事。

「我不想離開這一行。」高景海轉頭，望向楊明熙。

——**也不想離開你**。

但這句話就先不要說了。

雖然他們是約砲認識的，因為在同一個產業所以有話聊，但現在能讓楊明熙坐在自己身旁，就跟職業無關了吧？

高景海把頭靠在楊明熙的肩膀上，從他家看出去的夜景一定比不上從楊明熙家的好，但是楊明熙就坐在自己身旁，這樣就夠了。

楊明熙單手拿著馬克杯，卻沒有要用另一隻空出來的手摟住高景海肩膀的意思，「你家的蟑螂解決了嗎？」

「……？」高景海疑惑地抬起頭。

「如果沒有的話……我不敢留下來……」

高景海哼了一聲，頗不以為意，「我是有拜託你留下來嗎？」

「只是喝一杯而已，不覺得太無趣了嗎？」

「快點回去啦！我明天要上班，你明天不用炒股嗎？明天台股有開盤喔！」

「一天而已，不會怎樣。」

「但是我明天要上班！」他不像這位大少爺，他是社畜。

「好吧。」楊明熙把馬克杯裡的香檳喝完，從沙發上起身，「我走了，你早點休息。」

高景海也放下馬克杯，但在楊明熙走到玄關穿鞋之前，拉住他的手臂。

楊明熙回過頭來，高景海立刻湊上一吻。

高景海看著楊明熙的眼眸，想在那雙眸子裡看到對自己的深情，但他看到的是自己的依依不捨，「週末可以一起過嗎？」

楊明熙沒給正面答覆，就像高景海曾經做過的那樣，但他微笑，「你知道要去哪裡找我。」

$ $ $

週五，高景海在上班時，突然看到一則新聞：『**星海集團少東擁名模熱舞，網高呼想嫁！**』

「怎麼又是你……」

高景海把手機反過來，不想看了。像楊明熙那種單身優質男性，會有一兩則緋聞很正常，但是楊明熙週三回國，週四還在跟他傳早安晚安圖，週五就有緋聞傳出來，這速度未免也太快了。

高景海還是忍不住把網址點開，內文寫到，楊明熙週四晚間出席一場慈善晚宴，跟某位名模互動甚篤，一向不出現在媒體前的星海集團少東首次對鏡頭露出微笑，這是否代表著繼承人的亮相？星海集團的繼承權之戰要開打了嗎？

新聞裡，有一張楊明熙摟著名模的照片，兩人站在晚會入口的看板前，楊明熙穿著晚宴西裝，名模穿著玫瑰色禮服，小鳥依人地挽著楊明熙的手臂。

「你還真是時間管理大師……」
高景海本來想把網址傳給楊明熙，但網址都複製到訊息框裡了，卻遲遲沒有送出。他做不到。
越常在新聞裡看到楊明熙，他就越覺得這個人離自己十分遙遠，是他難以想像的。
「要找個長期飯票怎麼這麼難……」
高景海自嘲地想，這下子不僅不能跟搞投資的男人在一起，連富二代也不可以了。
他嘆了口氣，投入工作裡。

『阿海！是不是他？那個星海集團少東！』
突然，高景海收到草叢酒吧老闆的訊息，老闆一連發了三個愛心貼圖。
『你好厲害喔，釣到金主了，可是人家很快就要跟名模雙宿雙飛了~呵呵呵，你是不是一個人躲在棉被裡哭呢？要不要安慰？』
『我在看盤後資料。』高景海冷冷回覆。
『你是不是釣到大魚，又把人家放掉啦？你最近都沒來，我還以為你忙著約會呢！』
『是忙著工作！』
『那這樣星海集團的股票會漲還是會跌？』
『我管你會漲會跌，你又不是我的客戶！』

高景海放下手機，但手機又響起震動聲，就在高景海想著是要嗆爆老闆，還是封鎖他時，發現是楊明熙傳來訊息。

『晚上的約取消，抱歉。』

短短幾個字，高景海卻突然覺得天要塌了。

如果沒有楊明熙的這句話，他能忍下來，他會當作沒事的……但不行，他的心情不是「沒事」。

好不容易忍到下班，高景海攔了計程車就衝去楊明熙家。

門鈴一響，高景海沒有在門口等很久，楊明熙就來開門了。

楊明熙穿著居家服，臉上有些疑惑，但沒有厭惡的感覺。

「我有話要問你。」高景海拿出手機，滑到楊明熙摟著名模的照片，「這是你嗎？」

「嗯哼。」楊明熙雙手交叉抱胸。

「不解釋一下嗎？」

「沒什麼好解釋的。」

「跟名模跳舞？你的夜生活還真是多采多姿啊！」

楊明熙笑了一下，嘴角卻帶著嘲諷，「你是來興師問罪的嗎？還是，嗯……捉姦？」

「不……」高景海下意識就想否認，「我是一個分析師，我要分析個股走向，我要知道這會不會影響股價啊！」

「你還真是關心星海集團的股價，你是不是有買？」

「沒有！但是我有很多客戶有買！」

所以，他是為了客戶來的，高景海不斷幫自己打強心針。

「星海集團平常不會有這種花邊新聞，公司高層和發言人都像老實的理工男，不會誇大未來展望，以致於一般的投資人和法人很少關注這間公司，但是，它其實是權值股，它的漲跌是會影響到大盤的。」

「……」楊明熙緊盯著高景海，眼神諱莫高深。

「一直默默無聞的公司，突然爆出繼承權之爭，跟星海集團少東有關的緋聞還有兩篇，這是為了什麼？我是不是能懷疑是主力要搞事？」

楊明熙無言嘆氣，「……原來你關心的是股價，不是我啊。」

「什麼？」高景海愣了一下。

「你吃醋了嗎？」

「我嗎？我怎麼會……」

「你在意的是股價，還是我？」

「怎麼會問我這種問題……」

「你看到我摟著別的女人，吃醋了，還是——你其實有偷偷買星海集團的股票？」

「我真的沒有買！」

投顧從業人員自行買賣有價證券，是要上報主管機關的，因為嫌麻煩，高景海的個人理財規畫裡本來就不包括這一塊。

楊明熙突然抓住高景海的領帶，把人抓進門。

他大門一關，讓高景海背靠在玄關牆上。

「你知道那個晚會是私人的嗎？我們在門口拍拍照，進去會場後門就關上了，記者不能進去。」楊明熙瞥了高景海護在胸口的手機一眼。

「所、所以呢？」高景海被楊明熙的氣勢嚇到，但不覺得討厭。

「所以，不能進去的記者怎麼會知道我跟誰跳舞？怎麼有辦法拍到我跳舞的照片或影片？網路上有那些東西嗎？」

「呃……」

高景海不敢說他找過，但還真的沒有，就只有那張一看就像是說好姿勢的照片。

「你不是很會嗎？把我推進客廳，把我壓在牆上吻我，脫我的褲子？怎麼不用同樣的氣勢來逼問我了？」

高景海眼睜睜地看著楊明熙把手伸出來，對他壁咚。
「上次的狠勁跑去哪裡了？我很喜歡那個樣子的你呢！」
「原來你喜歡玩那種的……」
高景海卻當作那是黑歷史，他是不可能在神智清醒的時候那麼做的。
「我送你的香檳都喝完了嗎？怎麼不先喝一杯再過來呢？」楊明熙的唇貼在高景海的耳邊說話，高景海卻覺得自己好像要站不穩了，「不過，你來的正是時候……」
「明熙。」
突然一個中年男子的渾厚嗓音傳來，高景海轉頭看過去，兩顆眼睛瞬間瞪大。
中年男子身後跟著一個中年女人，兩人的穿著都很得體，女人一看就像貴婦。
高景海不用等這些人自我介紹或楊明熙介紹也能猜到，中年男子就是星海集團的董事長，楊明熙的爸爸，人稱楊董。楊董有在財經雜誌上露過臉，高景海拜讀過。
那中年女人應該就是楊明熙的繼母了……
「明熙，這是你朋友嗎？」徐淑雅問。
楊明熙放開高景海，泰然自若地走回客廳，「對，我朋友來了，我們等一下要去約會，爸媽你們要不要先回去？」
「……」高景海吞了一口唾沫，整個人傻眼。

楊明熙剛剛說了什麼？是他耳朵業障重，聽錯了嗎？約……約會？這種詞彙可以在長輩面前說嗎？

「明熙，你是故意把人叫來的嗎？」楊董一臉嚴肅。

「該說的我都說了，剩下的沒什麼好談的。」楊明熙冷冷回應，對爸爸說話的同時，也看了許淑雅一眼，「一個注定會失敗的東西，就讓它快點失敗，這才是對當事人好。」

「明熙，話不能這麼說……」

「為什麼不能？」楊明熙看著父親，眼神裡的疑惑，好像他是真的不理解，「你們想挽救三弟在泰國的業務，可以啊，我沒有說不行，但是請你們自己出錢。」

如果他們有錢，大概就不會來找楊明熙了，高景海從雙方的隻字片語中猜到這點。楊董和徐淑雅的帳戶中不會沒錢，但是那些錢——尤其是一大筆錢——是不是能隨時動用的？那就不一定了。

「把你們現在的房子賣掉不就有錢了？」

楊明熙再一句重擊，讓徐淑雅的臉色鐵青，猶如羞愧得抬不起頭。

「明熙，你就不能想個辦法……」楊董試圖委婉一點，但楊明熙不領情。

「我為什麼要幫垃圾想辦法？」

「你——！」

「我怎樣？三弟想創業，你給他錢；他公司管不好，你派老臣過去，現在泰國那邊的虧損越來越大，你不把虧錢的事業處理掉，還想注資？你腦袋不正常了嗎？」楊明熙越說越生氣。

高景海從沒看過楊明熙這麼生氣，不禁有些擔心。

「我知道你為什麼對三弟那麼好……他是你的親生兒子，對吧？」

楊明熙的話猶如一顆炸彈，在這個重組家庭間引爆。

徐易軒是徐淑雅再婚後帶來的兒子，如果徐易軒是楊董親生的，那就只有一個可能性：楊董在跟楊明熙的生母離婚前，婚內出軌。

「我們走吧。」

楊董是個聰明人，他拍拍徐淑雅的背，有意讓這件事告一段落，但徐淑雅卻像抓住了救命稻草一樣，不顧丈夫的勸阻。

「明熙，這些年來我沒有要求過你什麼，就只有這件事，請你幫易軒想想辦法！不要讓他的人生就這樣毀了！」

「他的人生不會毀掉的。」楊明熙的語氣放緩，但眼神裡仍顯不屑，「只是失敗而已，他還年輕，還有很多時間可以爬起來。」

「……」徐淑雅的眼眶泛紅，她似乎不認同楊明熙的話。

「妳為什麼那麼急呢？爸也是，二弟三弟畢業後，連玩樂的時間都沒有，馬上就被塞進集團裡工作，你們為什麼那麼想看他們取得成績？」

高景海隱約感到不妙，楊明熙爆出越多內幕，楊董的臉色就越難看。這時，高景海突然感受到楊董的目光，彷彿是希望有誰來阻止楊明熙說下去。

「難道，你們想讓他們涉入星海集團的繼承權？」楊明熙說出了所有人最不想聽到的話，「爸爸，你身為星海集團的董事長，有責任捍衛股東權益，讓那兩個人出任重要職位，你真的有把公司獲利和股東權益放在眼裡嗎？」

楊明熙大聲叱喝，瞬間讓氣氛降到冰點。

「沒辦法做到把公司擺在最優先，你乾脆把董事長的職位讓出來，我可以找到更好的人頂替你！」

「明熙，」高景海拉了拉楊明熙的袖子，低聲道：「對你爸講這種話不太好吧？」

楊明熙的憤怒值沒有下降，「你什麼意思？」

「啊？」

「說啊，你什麼意思？你怎麼可以不站在我這邊？你是我的男友，不應該為我著想嗎？你怎麼可以幫別人講話？」

「等一下，我什麼時候變成……」

高景海不敢看楊明熙的爸媽了。

「你不覺得自己是我男友？好，沒關係，我可以退好幾步，但是我都對你那麼好了，你在這時候還幫別人講話，你不覺得你這樣很過分嗎？」

「等等……」高景海腦中很混亂。

「所以你該做的事情都做了，現在是把我當工具人，想要對我始亂終棄嗎？」

「不對……沒有！」高景海語無倫次了。

「沒有什麼？你不覺得你對我做了很過分的事嗎？不是該做的事情都做了嗎？好，我們再退一萬步來說，現代人很開放，該做的事情都做了也不等於在一起，但是，你不覺得你需要尊重一下對方嗎？這種時候站在我這邊很難嗎？你還在幫我爸講話？你也想投資垃圾嗎？」

「你不要什麼都扯在一起……」高景海急得快哭出來了。

他不想，也不敢介入人家家族的繼承權之爭，而且楊明熙這麼厲害，比較可憐的應該是楊明熙的對手吧？

「好了好了……」楊董不耐煩地擺擺手，「我們回去了。」

楊董和徐淑雅臉色僵硬地離開了。

聽到大門關上的聲音，高景海太過震驚，彷彿眼前的一切都變得模糊。

剛剛他們在吵什麼？自己好像也加入戰局了，而且還害楊明熙……

「我是不是害你出櫃了？」高景海倒抽一口氣，心慌慌。

「……」楊明熙卻板起臉，「那是重點嗎？」

「沒有聯絡你就跑來是我不對……但是，你明明是很會講話的人，為什麼要在你爸媽面前講那種話？」

「不是爸媽，是爸爸和繼母。」楊明熙糾正。

「你為什麼要說約會，又說我是你的……那個……」

高景海的臉頰泛起紅暈，他卻皺起眉嘆氣。

楊明熙雙手交叉抱胸，質問：「你來做什麼？」

「……」

「又發生什麼事了？要我抱你？」

「不是……就是……」高景海臉紅得無地自容，「我看到新聞……新聞……」

「很在意我跟別人跳舞嗎？」

「……」高景海點了點頭。

「你是在意我，還是在意股價？」

「……」高景海用力捏著自己的手，這種時候再說股價就煞風景了，況且，他自己很清楚，那不是會讓他衝過來的原因，「明熙，我不是不站在你這邊。」

「……」楊明熙冷冷地看著高景海。

「我是真的覺得你對你爸爸講話有點過分了。」
楊明熙頗不以為然，「我是星海集團的股東，股東會希望公司賺錢，這樣才能共享利益，如果公司的經營者只顧及裙帶關係，沒有把適合的人選放上來，那作為股東有權利指責經營者！」
「等一下，你是股東？」
「對。」
「大股東？」
「一千股也算股東。」
「一千股根本是散戶吧！」
「還是股東！」
高景海不相信楊明熙的持股只有一千股，但楊明熙有辦法做到不讓自己的持股比例顯示在法定需要公告的範圍內，那是他的本事，「我知道，你一定會希望星海集團經營得好。」
「……」楊明熙沈默不語，因為高景海又一次說中了他的心聲。
「雖然你不在星海集團任職，但我覺得星海集團需要你這樣的人。」
「哼，別傻了。」楊明熙坐在沙發上，難掩疲態，但一雙眼睛還是很銳利，「我在星海任職的話，要怎麼去炒其他公司的股票？」

「你果然是主力！」
「門在那邊，慢走不送。」
「我不是為了股價來的。」
高景海走到楊明熙面前，跪下來，跪在楊明熙敞開的雙腳中間。
他猶豫再三，還是把雙手放在楊明熙的膝蓋上，「就像你說的，我吃醋了，但是，我又能怎麼樣呢？」
「……」
「你是楊明熙，就算跟股票無關，你還是我高攀不起的富二代！你出現在媒體記者前，每個人都會盯著你看，你旁邊不會有我的位置——」
高景海說到一半，楊明熙突然把他拉起來，讓他坐到自己腿上。
高景海怔怔地看著楊明熙，心裡怦怦跳。他看到楊明熙臉上有溫柔的表情，好像他從來沒有生氣過一樣。
「想不到你居然這麼守舊。」
「什麼？」高景海愣了一下，「不是你說，有錢人都很保守的嗎？」
「我不是也說，我沒那麼有錢嗎？」
「……」高景海微微噘嘴，有點不開心了，「到底什麼意思嘛……」

「你要看慈善晚會的影片嗎？」楊明熙突然問。

高景海半信半疑，他對楊明熙擁著哪一位美人跳舞沒興趣，但楊明熙主動把手機拿給他，他只好按下影片的播放鍵。

『終於來到今晚大家最期待的環節，競標大明星！可惜我們今晚請到的嘉賓有一位生病缺席了，但沒關係，這個缺額馬上有人填補，讓我們歡迎星海集團的——楊明熙！』

主持人一介紹完，鏡頭馬上跟著楊明熙拍，只見楊明熙穿著晚宴西裝，從旁邊的階梯走上舞台，靦地揮手微笑。

雖然楊明熙長得很帥很上相，但他的身分跟別人不一樣，比較像是坐在台下競標的人，而不是上台給人競標的，那也是他會這麼尷尬的原因之一。

『楊少爺應該不用我介紹了，大家都認識，楊少爺長期致力於偏鄉孩童的教育和醫療，這次競標的金額會全數捐給早苗慈善基金會，作為孩童的獎學金和餐費，以及補助給偏鄉醫生的福利金——喔！有人舉牌了！』

主持人是穿著玫瑰色晚禮服的小姐，就是那位和楊明熙拍照的名模，她熱情地和來賓互動，鏡頭馬上拍向坐在圓桌前的賓客們。

『那我們一樣從起標五萬開始——什麼？十萬？有人出兩倍？二十萬！三十！三十一！三十五！六十！』

台上的楊明熙保持著微笑，但高景海看得出來，他非常尷尬。

『六十萬！六十萬，還有沒有？那邊有人出六十五！六十五！六十六！七十！哇……競標非常激烈，已經來到七十萬了！七十萬一次，還有沒有？七十五萬！哇……楊少爺的魅力真是太驚人了！』

『七十五萬一次，八十萬！八十一萬，太感謝了，八十一萬！這是我主持過的最高金額，等等，那邊——有人出到一百萬！』

高景海越看越無言，這些人真的很熱心公益啊！

『一百萬一次，還有沒有？一百萬兩次——一百萬不只資助偏鄉，還可以把小朋友養到大學畢業了，喔喔喔喔，一百二十萬！謝謝老闆，一百二十萬！一百二十萬一次，一百二十五萬！那邊有老闆出一百二十五萬！』

『兩百萬～～～～！』

『兩百——不對，有人直接加了一百萬，兩百加一百就是——三百萬！』

『三百萬啊啊啊啊啊～～～～！大家一起做愛心！！！！』

主持人激動地尖叫，全身抖得花枝亂顫，台上的楊明熙依舊保持著微笑，但那笑容好像越來越勉強，高景海隔著螢幕都可以感受到楊明熙的尷尬。

但真正尷尬的不是楊明熙，而是其他的藝人。

楊明熙不是藝人，卻把藝人的目光焦點都吸走了，接下來上台的藝人有兩位是演員、一位是歌手，分別拍出了五萬、六萬、八萬。相較於楊明熙的三百萬……高景海只能說，楊明熙人氣真的很高。

該不會是那些人都有請楊明熙看過股票吧？

「然後呢？拍下你的人可以獲得什麼？跟你跳舞？」

「……」楊明熙捏著眉心，不想面對。

那讓高景海更疑惑了。

競標結束後，得標者能獲得和藝人互動的機會，主持人已經抓到風向，鏡頭跟著楊明熙拍。只見楊明熙在舞台旁脫下領結和西裝外套，由趙祕書幫忙穿上銀色的馬甲背心，並戴上耳返。

燈光一閃一閃，楊明熙拿著麥克風出場，從副歌開始唱，現場的氣氛馬上被炒熱了。

「他們星期四早上才跟我說有一位歌手腸胃炎，我想說，好吧，生病就不要勉強人家。我叫趙祕書處理，結果趙祕書找來舞蹈老師，我從早上十點半開始練，一整天都沒休息。」

「……」

高景海合理懷疑是他得罪那位趙祕書了。

雖然是靠惡補的，高景海可以想像到他應該有一半是靠意志力撐下去的，畢竟楊明熙又不是專業的表演者，他可以做到六十分就很不錯了。但是他做得很好，高景海隔著螢幕都想跟著旋律一起跳了。

那是一首輕快的愛情歌，歌詞朗朗上口，含糖量很高，但楊明熙笑起來的樣子才是最甜的，他的笑容會感染觀眾，讓你覺得自己是他擺在心尖上的人，他會關心你，關心到半夜傳照片給你，問你午餐吃了沒。

他的手臂做出波浪的造型，就像他是資金浪潮的海神，重擊每個暈船的人，踏步的動作看起來簡單，但兩條腿要快速做出重心交換的動作必須非常熟練，就像他一直以來的敬業精神，他做什麼都很認真。

最後一個轉身、眨眼，彷彿在說「愛你」的神情連高景海看了都十分心動，現場更是歡聲雷動，影片都快破音了。

全長約一分鐘的副歌，價值三百萬。

現在高景海知道，為什麼不能讓記者拍了。

楊明熙拿回手機，關掉影片，「我沒有跟名模跳舞，這樣可以了吧？」

「可以把影片傳給我嗎？」

「不行！」

「我會珍藏的！」

「不行！」

「拜託，我已經被你圈粉了，從今以後我會把你放在我心裡的。」高景海雙手比心，一雙大眼眸眨啊眨，「歐爸，我愛你，你想要對我做什麼都可以。」

高景海裝可愛的樣子很可愛，但楊明熙還是得冷冷說出：「不行。」

高景海並不氣餒，他雙手環抱楊明熙的肩膀，像是在討好，也給了他一個能觸碰楊明熙的藉口，「我真的覺得你很帥啊……可以再為我跳一次，轉身愛你嗎？」

「你想死嗎？」

高景海親了一下楊明熙的臉頰，「辛苦你了，為公益犧牲到這種程度。」

「還好啦，我把它當作尾牙，有的老闆不是也會上台表演嗎？」

「你吃的是哪一家的尾牙……」

高景海沒有說，有的尾牙是員工要表演，哪有像楊明熙這麼好的，由老闆唱跳給你看。

「看到台下的大家開心，我也很開心。這筆錢能進到公益體系，我累得很值得。」楊明熙露出一個疲憊的微笑。

高景海發現自己不僅是被那副笑容迷住，也為楊明熙這個人著迷。

能放下面子去做一件他認定要做的事情，在高景海心裡是加分的項目。這個男人很聰明，腦筋動得很快，跟他在一起好像會很危險，會有點不安，但是跟這個男人在一起，他可以為平凡的生命點燃火花。

「只可惜今天不能跟你出去了。」

「喔，沒關係啦，你爸跟你繼母來了嘛……」高景海心裡一點都不覺得失望，因為他有見到楊明熙，還留下來了，可以待在楊明熙身邊才是最重要的，「對了，你爸跟你繼母看到我……真的沒關係嗎？」

「高景海，這個世界上有很多不一樣的人。」

「我知道……」

「有些人會很堅持自己的想法，認為怎麼做才是對的，而我身邊的人呢，比起關心我抱著誰，他們比較想知道我的錢會流向哪裡。」

高景海聽懂了楊明熙的意思，不禁自嘲地嘴角一彎，因為這些日子以來，他的煩惱都是多餘的。

楊明熙有足夠的能力，把那些困難統統都擋下來。

人家可是「主力」，是市場背後那隻看不見的手。

高景海雙手摟著楊明熙的肩膀，把頭也放在楊明熙肩上。楊明熙的身體好香，他忍不住偷偷吸了幾口，在心底訴說著喜歡，因為要一本正經地告白還是太難了。

「我也想讓你繼續抱著，但是……可以請你幫我一個忙嗎？」楊明熙摸著高景海的背，

「其實，我的腳很痛。」

「什麼？」高景海立刻跳起來。

他還在人家的大腿上坐那麼久！是他太重了嗎？

「我今天早上起來，全身痠痛，到現在大腿內側那條筋還是很痛。」

「這……」

這應該是過度使用肌肉造成的，簡單來說，就是突然做了高強度的運動，身體負荷不了。

「我今天才臨時跟你取消……」

所以，不是楊明熙家人來的關係，是他腳痛……高景海無言到爆。

「噢噢……」

唉，人家都已經痛成那樣了，為了公益，真的犧牲很大呢！

「你家有精油或按摩油嗎？我幫你推一推。」

高景海自認能做的不多，但體力活還是可以的，而且看到楊明熙痛苦的樣子，他也捨不得。

「有……應該是放在房間櫃子裡……」

「我扶你去房間。」

「你今天要留下來過夜嗎？」

「嗯，」高景海扶著楊明熙走路，「我想留下來過週末，可以嗎？」

高景海覺得自己還是應該問一下，畢竟楊明熙才是房子的主人。奇怪的是，楊明熙靠在他身上的時候突然變得很嚴重，好像整個人都不能走了，剛剛跟楊董嗆聲時都沒有這麼嚴重。

「你可以睡主臥。」楊明熙的手臂橫放在高景海肩上，「晚上我爬不起來的話，你要扶我上廁所。」

「好……」

好像哪裡怪怪的？肌肉痠痛會這麼嚴重？

「啊，我痛到手沒辦法舉了，你要幫我洗頭、幫我洗澡——對了，你晚餐吃了嗎？」

「還沒。」

「那先叫外送……」

第八章

少年緊抿著嘴唇、握著拳頭，看到熟悉的身影從黑暗中走出來，他的內心感受到極大的震撼。

那個人，是怪物的王，但他已經不成人樣了。

少年的面頰激動得泛紅，眉頭皺成一團，眼眶用力一閉，本以為他應該會流淚的，但他沒有哭，他強行忍住淚水。

『……我等你回家。』

少年說完，頭也不回地跑出去。他跑過許多駭人的場景，最後不小心跌倒了。

『旺柴！』綠髮的ＡＩ人形飄到少年身旁，急得團團轉，『快起來！你給我站起來！』

『你憑什麼命令我？』

『因為我擔心你！因為你是我的伙伴，我很擔心你……我不要放棄你……』

綠髮ＡＩ穿著白色長袍，代替少年流下不肯流下的淚水，代替少年失去伙伴的悲傷，那差一步就可以救到的惋惜，他哭了起來。

電視裡哭得唏哩嘩啦，客廳裡的兩個人卻吻得澤澤作響。

高景海被吻得暈乎乎的，只覺得胸口怦怦跳，腦袋裡卻搞不清楚自己身在何方。

不，他其實很清楚，他正和楊明熙一起坐在客廳沙發上，一邊吃午餐一邊看著超大電視追劇。

電視螢幕裡播放著現在串流平台最紅的奇幻劇，裡面的少年主角演得很感人，但高景海還來不及跟上劇情，楊明熙的手就從襯衫下襬鑽進去，摸到他的乳頭。

他免不了一陣戰慄。

楊明熙親吻著他的耳垂和敏感的脖頸，男人對他耳鬢廝磨的感覺很像在撒嬌，高景海很喜歡這種感覺，好像他正被這個男人所需要。他把手放在楊明熙結實的胸膛上，但手指有意無意地往下滑，勾畫著胯間隆起的形狀。

楊明熙握著高景海的手朝自己輕壓，讓高景海感受到長褲裡的蓄勢待發。

他喜歡高景海握著那根、含著它的樣子，他此刻就在煩惱要插進上面的小嘴還是下面的好。他解開高景海的襯衫鈕釦，尺寸特大的男友襯衫有穿比沒穿還誘人。

高景海上面的嘴沒有停過，他主動湊上去親吻楊明熙的嘴唇。楊明熙靠著他廝磨，他也把頭靠在對方頸邊，用嘴唇擦過那如牛奶般無暇的肌膚，一邊聞著他身上的味道，還是好香。

高景海不禁想像，少年時期的楊明熙，一定是個「這麼可愛一定是男孩紙」的美少年，當時一定會有人暗戀他，現在搞不好也是……

他不清楚楊明熙的交友狀況，楊明熙也不清楚他的，但高景海不急著一股腦地把自己的一切都告訴對方，他想暫且享受目前的時光就好。

「在想什麼？」楊明熙趁著結束一吻的時候問。

「在想……你才吃過，現在又想要吃我了？」

楊明熙笑了一下，「你是甜點。」

高景海把這句話當作恭維，「我們楊少爺過得真奢侈，餐餐都有水果飲料，現在連甜點都有了？」

「營養均衡是很重要的。」

「嗯哼，還是真人手工現做的呢！」

地上有一條脫掉的圍裙，午餐是高景海煮的，因為楊明熙嫌外送要等好久，等到東西送來都變難吃了，最好的辦法就是真人現做，但楊明熙手痛腳痛，心有餘力不足，於是，只好由高景海下廚。

令高景海很意外的是，楊明熙家的冰箱裡有生鮮蔬果！連不能放很久的雞蛋都有。

「為什麼？」

「什麼為什麼？」

在那邊喊痛的人明明就有能力自己走到廚房，站在高景海旁邊看戲。

「你三餐都吃外食，我以為你家的冰箱是空的，可能只有水或酒……」

「我知道洗米不能用洗碗精。」

「……」高景海挑眉，現在是在講冷笑話？

「我家當然有一些儲備糧食，不然半夜想吃宵夜的話，我要去哪裡叫外送？」楊明熙想表達的重點是，自己沒有高景海想像的那麼無能，他的生活自理能力不是零，「好了，你快點煮，我肚子好餓。」

「你家沒有廚師嗎？」

高景海不相信這些生鮮是楊明熙一個人採買的，他可能網購外送，或有人幫他買。

「我說過，也許我還沒有那麼有錢。」楊明熙又這麼回答，「不信你找找看，我家就這麼大，能藏人嗎？」

「……」高景海相信絕對能。

楊明熙家說不定有祕密機關，是專屬於有錢人的避難室或逃生密道！

不過，高景海還是用一包開封過的土司和雞蛋煎了法式土司，切一點水果，把冰箱裡的菜全部丟下去煮蔬菜湯。

高景海的廚藝很普通，就是一般人的水準，稱不上特別好吃，但也沒有到難以下嚥，他覺得楊明熙叫的那些外送餐廳還比較好吃，但楊明熙吃的時候沒有抱怨半句話，只是覺得湯太燙。

「幫我吹涼。」

「你不要太過分了。」高景海已經察覺到哪裡不對勁了，「你現在是把我當工具人嗎？」

「你會跟工具人做愛嗎？」

高景海心裡想著「不會」，他也沒有把楊明熙當工具人，但顯然楊明熙還是很在意，這種報復性的使喚不知道會持續到何時，「你在餐桌上一定要講這種話嗎？」

楊明熙立刻把盤子、湯鍋、湯碗等陸續端到客廳茶几，他坐在地毯上，把茶几當餐桌，還打開了電視，「這樣就不算餐桌了，過來啊。」

高景海無奈地笑了笑，可以和誰窩在電視機前面邊看邊吃，真是平凡的日常。

於是，兩人吃完午餐後，又開始吃別的東西了。

廚房流理台亂成一團，因為煎煮完還沒清理；餐桌也有點亂，因為楊明熙還是叫了飲料和甜點的外送，還沒拆封。客廳茶几就不用說了，碗盤都還沒拿下去，地上就有亂丟的衣服了。

高景海躺在沙發上，楊明熙趴在他身上親吻他，兩個人的舌頭擠進對方的口腔裡交換唾液，越來越肆無忌憚。

高景海被吻得全身發軟，胯間腫脹，但在內褲被脫掉前，性器的濕潤只能沾在布料上，有點不舒服，但正是這種故意不去理會的感覺滋長了快感。

楊明熙也閉著眼睛，享受接吻的感覺，高景海的手一直摸著他的脖子和肩膀，好像在為他做著技術很差的按摩一樣。他將嘴唇貼到高景海的鎖骨和胸膛上，舔舐著高景海的乳頭，聽到一聲恰似呻吟的嘆息。

楊明熙的手往下伸，拉下高景海的內褲，裡面勃起的陰莖彈到他的小腹，前端已經濕了。

高景海的手也拉著楊明熙的衣服。他把楊明熙的上衣往上拉，溫熱的手掌貼在男人的胸肌上，他喜歡感受胸口心臟的跳動，那會讓他重新意識到自己是在跟真人做愛。

跟真人做愛——這聽起來很荒謬，但在一個高壓又生活步調快的環境裡，要找到一個合得來的真人做愛，有時候還挺浪費時間的。不管是要去店裡找還是滑ＡＰＰ約，都有找、約、等待、聊天的過程，這些時間如果省下來，他可以看好多工作上的資料。

他相信楊明熙也這麼想，因為楊明熙的時間比他寶貴，所以在找到一個合得來的人之後，才會捨不得放手。

楊明熙脫掉自己的上衣，高景海很喜歡看這個動作。

他喜歡看這個男人迫不及待地想上他的模樣，看到這個男人為他焦躁、為他充滿慾望。

高景海坐起身，雙手摟住楊明熙的脖子。

一個激吻結束，他趴在楊明熙身上，他們的身體得以沒有隔閡地貼在一起，皮膚互相貼著皮膚，感受到有別於自己的體溫，那熱度卻使自己漸漸加溫。

接著換成楊明熙坐在沙發上，高景海跪坐在楊明熙腿上的姿勢。

高景海讓楊明熙抱著他的身體，嘴唇親吻著他的胸口，吸吮他的乳頭。

「啊啊……」

高景海抱著楊明熙的頭，他相信此時此刻因為靠得很近，楊明熙一定可以聽到他的心跳。有別以往，跳得很快。

楊明熙的手覆蓋在高景海的性器上，使高景海喘氣的聲音重了一點，那從鼻子發出的腔調就像令人血脈賁張的哭腔。

高景海只顧抱著楊明熙的頭和肩膀，其他都不想管了，兩根陰莖靠在一起摩蹭，彷彿連快感也一起共享。

「哈啊……啊……明熙……有人在……按門鈴……」

「你聽錯了。」

「真的！」

叮咚！

「……」楊明熙的火氣都上來了，「是按錯的，不要理他！」

「你家怎麼可能會有人按錯？」

楊明熙住的不是普通的房子，是管理森嚴的豪宅社區，樓下有警衛和物業公司的祕書坐鎮，而且一層一戶，連鄰居走錯的可能性都大幅減少。

「可能是管委會或警衛送東西來，我們這邊的主委還滿常送的，有時候是他們公司多出來的商品，有時候是賣不出去的，我轉頭都丟掉了。」
「為什麼要這樣……」
「我哪知道，清庫存吧？如果是包裹，警衛會幫我拿上來放在門口。」
「你家的服務真好……」
「廢話，管理費很貴。」楊明熙一臉不耐煩，門鈴還在響，讓他徹底滅火，「抱歉，我去看一下。」
「嗯。」
高景海正好去喝點水，剛剛接吻吻到嘴巴很乾。
楊明熙前去應門，都氣到忘記看對講機就直接把大門打開。
門外站著兩名男子，他們還來不及說話，楊明熙就立刻把門關上，跑回客廳。
「高景海，快把衣服穿上！我繼母的兒子來了！」
高景海立刻動起來，穿上內褲、襯衫，但是長褲放在房間。他把茶几上的碗盤拿到廚房，廚房的凌亂先不理它，然後意外發現電視旁邊有吃了一半的零食，電視櫃上面有咖啡杯……
「等一下！」楊明熙突然叫停，「來的是我繼母的兒子，不是我繼母！你不需要收拾！」
「她沒來？」
「沒有。」

「你爸呢？」
「沒有。」
高景海瞥了玄關一眼。
從玄關到客廳有一面裝飾牆分隔開來，從客廳沒辦法直接看到大門，「好，別緊張，我去把褲子穿上。」
楊明熙點點頭，但高景海突然又折回來。
「你不去換衣服嗎？」
「我要換什麼？這裡是我家，他們連通電話都不打就突然造訪，我沒有必要穿得多正式來迎接他們！」
「但你只有穿一條內褲。」
「……」
楊明熙最後還是換上外出的服裝，黑色襯衫搭配卡其色長褲，並頂著一張臭臉去開門。
「大哥，媽買了很多水果，想要分你一點，就叫我們拿過來了。」
徐耀翰把禮盒放在餐桌上。
楊明熙不得不擺出笑臉，或是至少沒那麼臭的臉，「謝謝。」
高景海也穿好衣服了，但他躲在房間門後面，覺得還是不要出去打擾人家好了。

「大哥，你可以再聽一次易軒的簡報嗎？他跟幾個合夥人商量過了，希望你可以給他們一些建議。」

高景海從門縫看不到情況，又偷偷溜出來……他躲在轉角，探頭探腦。

說話的人是徐淑雅的大兒子徐耀翰，男人戴著無框眼鏡，頭髮梳得很整齊，像個很有氣質的富二代。

老實說，楊明熙身上沒有徐耀翰那種飽讀詩書的氣質，這兩人的反差很明顯。楊明熙像個做什麼都輕輕鬆鬆的學霸，而徐耀翰是日夜苦讀上來的，以致於楊明熙的氣焰猖狂，但徐耀翰斯斯文文的，莫名給人好印象。

「媽媽星期五晚上從你這裡回去後，心情就很不好，所以，我覺得我應該帶弟弟過來，當面跟你談。」

「該說的我都說了，我不是唯一的有錢人，你們不需要浪費時間在我身上。」

「不，這一點都不是浪費時間，如果有你加入，就可以吸引到更多的投資人，爸爸已經同意投錢進去了，這也是為了集團好。」

「哪個集團？星海集團嗎？」

「當然是星海集團，不然呢？」徐耀翰笑著反問。

楊明熙不想給對方好臉色，「你們來之前應該先打個電話，這樣太沒有禮貌了。」

「大哥，媽媽平常對你很好，你前幾年碰丙種資金的時候，她還幫你講話，她把自己的存款和股票都拿出來了。」
「那件事又不是你媽擺平的。」楊明熙冷冷回應。
「對，但她還是站在你這邊的，你就不能站在她這邊一次嗎？」
「你還有什麼招數，儘管使出來。」
「我聽說你經常流連聲色場所，每次去不同的 Gay Bar，就會帶不同的人開房間。」
高景海不知道這個人腦子是不是有問題，但跑來楊明熙的地盤說這種話，是想在老虎嘴上拔毛嗎？
果不其然，徐耀翰以為是威脅的言詞，只換來楊明熙的一聲訕笑。
「嗯，那是真的。」楊明熙顯得一點都不在乎，「怎麼？你要爆料給媒體嗎？」
「……」徐耀翰眉頭一皺，「你不在乎星海集團的繼承權嗎？你不在乎董事會會怎麼看你嗎？不在乎世界上的人都說你有問題嗎？」
「嗯，你說對了，我還真不在乎。」楊明熙態度坦然。
那讓高景海更欣賞了。
「大哥、二哥，你們不要這樣！」徐易軒抱著公事包，一臉尷尬，「大哥，二哥沒有惡意，請你不要介意……」

「你們佔用我的時間我都不介意了，這點小事我怎麼會介意呢？」楊明熙嘴角上揚，高景海太懂那個表情了，他很享受欺負弟弟的過程呢！

「大哥，為什麼你不認同我的計畫，可以告訴我你的理由嗎？大家都說你眼光好，所以，我認為你的意見是有參考價值的。」

「……」楊明熙雙手交叉抱胸，「你太抬舉我了。」

「拜託你。」

楊明熙冷冷一瞥，「我在美國看過類似的模型（Prototype），他們沒有成功，研發的過程燒掉了太多錢，但是技術上一直沒有突破。」

看到徐易軒想要開口，楊明熙接著道：「我知道你一定會想說，沒有嘗試怎麼知道，也許這次會不一樣。但人類的歷史總是驚人的相似，也許我們的技術還沒有到那個位階，也許未來有一天會達到，但不是現在。我看過泰國那邊的財務狀況，你投入的研發經費已經多到必須止損了。」

「那是由你決定的嗎？」徐易軒問到關鍵。

「不，那不是由我決定的。」

畢竟他沒有在星海集團任職，沒有在董事會佔有席次，照理說，他也沒有人事命令權。

「但是，我可以決定要把我的錢投到哪裡。」

對楊明熙來說，這從來就不是家事，而是公事，他要投資之前都會做足功課。

但高景海心想，他們為什麼要來找楊明熙呢？因為是家人，不需要通過金融機構的層層檢驗嗎？所謂創業初期的天使輪，找的也都是親朋好友，但徐耀翰的手段不怎麼樣，一上門就用情緒勒索，也難怪楊明熙不想談。

「話講完了，你們可以走了。」

徐易軒把筆電收起來，起身。臉上雖然失望，但眼神裡的熱情並未澆熄。

楊明熙很懂那種眼神，他也知道，這樣下去一定會受傷的。

徐易軒打算告辭，但徐耀翰卻不想作罷。

「楊明熙，你想要星海集團，但星海集團不會是你一個人的！」

「……」

楊明熙沒有回嘴，連他都覺得自己好有風度。

「我知道你一直偷偷在買星海集團的股票！」

「股票啊……嗯，居然跟我提到股票……」只見楊明熙眉眼一挑，嘴角一勾，「你不知道我買股票是為了什麼，對吧？」

「還能為了什麼，不就是為了董事會的席次嗎？」

「你知道買超過一定的比例，是需要申報的嗎？」

「哈，我當然……」

「我的名字有在大股東的名單裡嗎？星海集團是上市公司，上市公司的董監事和大股東名單是需要公開的，請問我的名字有在那上面嗎？」

「呃……」徐耀翰尷尬了一陣。

楊明熙搖頭，覺得這對手實在太弱。

高景海拿出手機偷滑，網路上可以找到星海集團的董監事和大股東持股明細，畢竟是公開資料，上面果然沒有楊明熙的名字。

就在這時，對講機響了。

楊明熙先是有些疑惑。最近是怎麼了，一直有人跑來他家？但他很快利用起情勢。

「我叫的『小姐』來了，你們要留下來一起3P嗎？其實我房間還有一個人，這樣算是……一二三四……」

徐耀翰的臉一陣紅一陣白，拉著徐易軒奪門而出，讓楊明熙忍俊不住。

高景海從房間走出來，「你叫了小姐？」

楊明熙百口莫辯，「不是我！那……那不是你叫的嗎？」

「我怎麼會叫？」

「那我怎麼知道？」

「那樓下是誰？」

「我不知道啊！」

「那你不會去接電話？這裡是你家耶！」

「喔……」楊明熙接起對講機的電話，聽完警衛的敘述後，他回頭問高景海：「按摩師傅到了？你叫的？」

「對，是我……」

高景海這才想起自己用網路預約了一位很有名的師傅，號稱整骨、整脊、身體僵硬、長年宿疾都治得好。最重要的是，人家有到府服務，而且按過很多名人和 Youtuber，「其實……我是報上星海集團的名字才約到的……你不會介意吧？」

楊明熙挑眉，「你找了一位按摩師傅，沒有先告訴我？」

「你不是一直喊痛嗎？你又不去看醫生，我才想說把師傅找過來……」

「我們都要做愛了，你才把師傅找過來？」

「我昨天晚上就預約了，你不是痛到手舉不起來嗎？還叫我幫你洗頭洗澡？我用急件，還加錢耶！不然按平常的預約方式，要等一個月，那位師傅就是這麼有名！」

「我管他師傅有不有名！我們剛剛氣氛那麼好，好不容易把那兩兄弟送走了，我卻沒辦法跟你親熱，居然還要先按摩？」

「是打砲重要，還是先把你痛來痛去的乇病治好重要？」
「當然是打砲！」
「……」高景海徹底無言。
最後，楊明熙還是讓那位師傅按了，但師傅的按法跟ＳＰＡ精油按摩完全不一樣。
「啊啊……啊啊……啊……哈……不要了……不要碰那邊！」
「少年仔，你右撇子喔？右半邊很僵硬喔。」
師傅一出手，便知有沒有，楊明熙被按得唉唉叫，高景海聽著那叫聲，雖然心裡有點愧疚，但總括來說還是很悅耳的。
「啊啊……啊……好痛……不要了……不要碰我了……」
「那邊不行……不要……」
「啊啊啊啊！」

第九章

高景海度過了一個愉快的週末，愉快到讓他週一回去上班時，臉上都帶著微笑。

他們在週日下午分別，楊明熙想送他回家，但他拒絕了。

倒不是因為叫司機週日來上班有點那個，而是高景海想沈澱一下心情。他走出豪宅社區，經過一樓櫃臺的時候跟祕書、警衛點頭打招呼，他們也回以微笑。

他回到家後，就開始做平常的例行公事，像是打掃、採買生活日用品，認真追部劇，看一點工作上的東西。

星期一通常是事情最多、訊息最容易響的時候。台股一開盤就震盪走跌，把之前小反彈的漲幅都吃掉了，今天又是難熬的一天，但翻開美股和世界各國的股票走勢，好像也都差不多，高景海只能尊重趨勢。

高景海在瀏覽國內外新聞的時候，忽然看到一則新聞：『**星海集團少東深夜開趴 鄰居投訴：經常有不同男人出入**』。

高景海腦中的第一個想法是：怎麼又是你？

他把新聞點開，裡面寫到，星海集團少東所住的知名建商豪宅，深夜有鄰居投訴噪音與不明氣味，疑似是毒品燃燒後的氣味。根據知情人士指稱，星海集團的少東雖然在媒體前十分低調，但私底下交友廣闊，經常帶著不同男性友人出入自家豪宅，並造成管委會困擾……

高景海細細品味著那段文字，覺得這篇報導跟平常的花邊新聞不太一樣。

裡面提到兩個關鍵字：毒品、男性友人，似乎有意營造這位少東「貴圈很亂」的形象。

但是，假設這位少東指的是楊明熙，不是楊董的其他兒子，而這篇新聞所描述的情景就發生在近日內，那楊明熙才剛回國，又去跳舞，週末跟他一起過，晚上還要開趴，過得還真是充實呢！

高景海先不探討新聞的真實性，但這幾篇都可以集結成《星海集團少東》系列了，而且這位少東才是真正的霸道總裁，又會玩又很花，男人不壞大家不愛。

假設這位星海集團少東真的「很亂」，那最先影響到的會是什麼？

楊明熙本人根本不在乎，他馬照跑、舞照跳，手上的錢也多到不怕被長輩斷金援，但假設他想要爭奪集團繼承權的話，他的為人就會被放大檢視，進而影響市場輿論和投資人的意願。

水很深啊……

高景海懷疑楊明熙是被狙擊了，可能有人早就知道他是主力大戶，故意發出這些新聞跟他作對。不然怎麼那麼剛好，只有你一個富二代被放大檢視，其他人想怎麼玩就怎麼玩？高景海不是說富二代都在玩，但楊明熙為一些雞毛小事就上新聞的頻率也太高了。

高景海點開星海集團的即時股價走勢，不知道是不是真的這麼剛好，股價一開盤，經歷大約四十分鐘的平盤震盪後，就像有主力放棄護盤一樣，直線往下。

高景海把新聞連結傳給楊明熙就去看別的個股了。十點多的時候，高景海的手機響了，是財經記者小森打給他。

『你看新聞了嗎？』小森劈頭就問。

「哪一則？現在新聞那麼多……」

『星海集團的楊明熙啊！你上次不是來問我他的事嗎？你是不是有在追蹤他？你們私底下認識嗎？』

「你問這個幹嘛？」高景海不禁提起了幾分防衛，「是因為那篇報導嗎？星海集團少東開毒趴？」

『誰管他開什麼趴啦！』小森用吼的，『你沒看到新聞嗎？星海集團繼承權之戰開打了，現在大家都想採訪到楊明熙，你上次會問楊明熙的情報，是不是也在調查他？你知不知道楊明熙在哪裡？』

高景海愣愣地掛上電話，打開網頁，看到財經版的頭條——

『**星海集團繼承權之戰開打 內外資相挺哥哥派**』

高景海又打開星海集團的即時股價走勢，發現剛才快要掃到跌停的股價竟然起死回生了！他又打開盤後資料，發現星海集團在過去一週內，外資和投信都是買超，雖然買的張數不多，但正符合報導。

星海集團本身的股價不低，又是權值股，要推動權值股大漲需要花很多錢，而權值股上漲，就會影響到大盤，大盤則會影響到其他個股，連鎖效應會越來越擴大。

開盤還是綠油油的台股加權指數，翻紅了！

高景海的手機一直響，訊息一直跳，同行和記者都在問：嗳，有沒有人研究星海集團？有誰能接觸到星海集團的哥哥派？有誰能透露一下業內情報？哥哥派是楊明熙嗎？有誰可以聯絡到楊明熙？

投資市場都沸騰了！

難怪楊明熙對花邊新聞有恃無恐，即使被說開毒趴也無所謂，因為無論真假，他只需要拉一根紅棒，高下立判。

他就像在對市場上的投資人說，你們要相信那虛無縹緲的傳言，還是要跟著我賺錢？

高景海相信，很多人會選擇後者，因為沒有人想跟錢過不去。再說，星海集團有實力漲，因為他們上一季的財報表現不錯，法人預估下一季也會很不錯。公司的營收在成長，那有主力進場炒股很正常。

高景海看著Ｋ線圖，心裡也感受到那股震撼。

「高老師，有客戶打來問星海集團可以不可以買？」助理掩著話筒問。

高景海正在打電話給楊明熙，但楊明熙一直沒接。

「高老師，老闆問你有沒有星海集團概念股，可以做一檔節目！」

「高老師，客戶在問星海集團……」

「高老師！」

所有人都在催的時候，高景海又看到另一篇新聞：『**星海集團擬清算泰國資產　弟弟派恐淨身出戶**』。

裡面描述了泰國分公司和亞太地區的投資，因為一些技術研發失利，導致星海集團母公司可能因為認列虧損而影響未來的每股盈餘。在這種情況下，有市場傳言，作風犀利的哥哥派可能會「大義滅親」。如果哥哥派把那些拖累母公司的資產清算掉，那星海集團就有如丟掉包袱的艦隊，即將一飛沖天。

乍看之下，有虧損像是不好的，但一間正常運作的公司都會有負債和貸款，如果哥哥派上台後能調整財務結構，將會為市場注入強心針，股價也會提前反應，一切的一切都在告訴投資人：未來會更好。

高景海心裡卻有些不安。

「我出去一下。」高景海抓起西裝外套，跑出辦公室。

$ $ $

「老闆……」趙祕書接起一通電話後，就跑去楊明熙旁邊講悄悄話。
楊明熙眉頭一皺，低聲道：「讓他們上來。」
「是。」
不一會兒，兩名員警出現在早苗慈善基金會的門口。
「楊明熙楊先生嗎？」
「是。」楊明熙面帶微笑，站在基金會的接待櫃臺前，「有什麼事嗎？」
「有民眾檢舉這裡有人吸毒，可以進去看一下嗎？」
「搜索票呢？」
兩名員警面面相覷，其實他們大概也知道會被拒絕，其一，這裡是辦公大樓，其二，坐辦公室的菁英都不太好惹。
「楊先生，我們就是接到民眾檢舉，過來看一下，沒有要為難你的意思。」
「我可以讓你們進去，可是，如果查不出東西，你們下次要來就沒那麼簡單了。」
楊明熙依舊面帶微笑，但那微笑太和善了，和善到站在旁邊的趙祕書心想：這根本是在欺負兩個年輕，長得又很帥的基層員警。
難道他們是老闆的菜？
「警察先生，我也沒有想為難你們的意思，但我就是很好奇，你們甘願冒著寫報告的風險，沒有票就跑來這裡，真的是很熱心，很為民眾著想呢！」

其中一名員警對伙伴使了個眼色，立刻改口：「那不然這樣，你讓我們拍幾張照，證明沒有搜到東西，我們回去寫個單子就當作結案了，這樣可以嗎？」

「可以啊。」楊明熙並無阻擋之意，因為他沒有什麼好隱瞞的，「趙祕書，帶他們進去繞一圈。」

「是。」

趙祕書帶兩名員警從櫃臺旁邊的玻璃門進去，一進去就是早苗慈善基金會的大廳兼接待室，裡面擺設著溫馨的沙發、布偶熊等小孩子看了會喜歡的東西，牆上的裝飾架上都是小說、漫畫，是青少年也會喜歡的空間。

往接待廳的右邊走，是基金會員工辦公的地方，兩名員警進去的時候，基金會的執行長若宣姊不明所以地站了起來，但看到趙祕書那張嚴肅的臉，她就沒多問。

兩名員警拍完辦公室和接待廳的照片，就走了。

這時，櫃臺響起電話。

「老闆……」接待小姐面有難色地將話筒遞給楊明熙。

楊明熙馬上變臉，「又怎麼了？」

聽完電話裡的轉述，楊明熙眉頭皺得更緊，「知道了，我馬上過去。」

楊明熙帶著趙祕書回到他自己的辦公室，這中間要走好久，因為在不同棟大樓。辦公室門外來了一群穿西裝的人，而且超過兩人，比方才員警的規模多很多。

「董事長請您上去一趟。」帶頭的男子年紀最長，在這群人裡面也最資深。

楊明熙嘆了一口氣，這個星期一早上怎麼那麼多事？

「他找我幹嘛？」楊明熙擺明了不想客氣。

「董事長想問您一些問題，他下午跟晚上都有會議，請您現在就上去。」

「剛才有警察過來拍照，現在就找我上去問話，會不會太剛好？」

「請您不要為難我們。」

男子是楊董的老臣之一，也是星海集團的祕書長。他帶著一干祕書和保鏢，一副要把楊明熙押走的氣勢，這才是讓楊明熙不爽的根源。

「可以等我一下嗎？我進去交代一點事情。」

楊明熙回到操盤室，這時差不多是十點多，他也看到了那篇新聞。他從早上七點多就看到「星海集團少東系列文」了，於是將計就計。他看了看時間、大螢幕，以及目前的股價走勢。

操盤室內一如往昔，十分安靜，只有員工默默敲打鍵盤和點擊滑鼠的聲音，但他們看到楊明熙都紛紛投以期待的目光，為了這一天，他們已經佈局很久了。

「開始賺錢吧！」

高景海坐在計程車裡，看著手機時間。快十一點了，車子卻塞在車陣裡。

他一邊察看手機裡的即時股價，星海集團從十點多差一點掃到跌停後慢慢爬升，如今不僅翻紅還漲了上去，帶動其他相關產業的股票也跟著漲。

然而，在大盤翻紅的情況下，仍有許多先前跌很慘的個股沒有跟著漲起來，這些股票仍處於下跌趨勢，但高景海觀察到，成交量放大了。

台股的成交量在過去幾天都呈現萎縮狀態，許多分析師和財經網紅都在討論成交量萎縮，是不是代表投資市場氣氛低迷？主力高歌離席，沒有人想玩了？這樣下去會有什麼後果呢……

結果今天突然出量。

高景海同時瀏覽社群平台，許多貼文突然冒出來，星海集團的翻紅讓很多網友驚奇不已，甚至還有人一邊開直播一邊看盤，討論星海集團到底是吃了什麼炸藥，星海集團背後的主力也蒙上了一層面紗。

$$$

高景海打給楊明熙，但楊明熙一直沒接，訊息也一直沒讀沒回。

「喂？」高景海接到助理的來電。

『高老師，你怎麼突然跑出去了？現在大家都在問星海集團——』

「星海集團本身是不錯的公司，法人預估他們下一季的財報會很不錯，我已經調查過了，他們的股價還有成長的空間，但是，今天的狀況有點奇怪。」

『哪裡奇怪？』助理問。

「量太大了。」高景海講電話的時候，司機大哥也豎起耳朵，「星海集團過去的成交量沒有這麼大過，今天可以說是異常事件，這支股票有可能會被列入注意股。」

台股市場裡有個非常「貼心」的機制，會把「突然出現的交易異常」條列出來，例如漲跌幅、成交量、週轉率等等，如果超過一定比例或符合某些條件，那該股票就會被公告有怎樣的異常。

『那……那還能買嗎？』助理聲音裡的擔心，高景海都聽到了。

「買賣是可以的，但是，股價接下來會怎麼走，我不能保證。」

『那……那……』

分析師都這樣說了，助理不知道要怎麼回報主管啊！

「你先告訴主管和我的客戶，大家稍安勿躁，星海集團本身是不錯的公司，想要長期投資的可以找買點，但是今天買了，我沒辦法保證明天一定會漲，相反的，等一下還必須觀察尾盤，今天有可能會發生當沖或隔日沖，那明天下殺的可能性很高，我不建議追價。」

『好的，那我就這樣報告上去了。』

「嗯。」

『對了，高老師……』

「怎樣？」

高景海看到旁邊有警車，後面有救護車的鳴笛聲，周圍的車輛彷彿也跟著躁動不安，因為要讓路給救護車。

『股價不漲不是你的錯。』

「你說這個幹嘛？」

『沒有人可以保證明天的投資市場會發生什麼事，說不定會突然來一場瘟疫，每個投資標的都在跌，這你能預測嗎？』

高景海笑了笑，他知道助理小弟是在安慰他，但這還真的很難說，說不定有人早知道了。

「好了，我先掛了，我要去調查一些事，下午會回辦公室，你跟大家討論一下，我們可以做一集關於星海集團的專題介紹，這我還是做得到的。」

『是！』

高景海掛了電話，馬上切換回查看股價的頁面。

「先生，你是有買股票嗎？」司機突然開口，並瞧了瞧後照鏡。

高景海疑惑地抬頭。

「其實我也有，剛才聽你那麼會分析，可不可以幫我看一下……」
「路邊停車就好了！」
「啊？啊？那邊？前面嗎？前面不能迴轉耶！」
「你停到旁邊就好！不用，這樣就好了，我這邊下就好。」
「先生！」
高景海付了錢匆忙下車，跑到人行道上。
他這才看清整條馬路的全貌，原來，前方有車禍，造成後方回堵。救護車還卡在車陣中，不是駕駛不讓路，是真的過不去。
星海集團的總部大樓就在不遠處，高景海決定用跑的。
他跑過一間學校、銀行、捷運站，跑過外面掛著一間間科技公司招牌的大樓，終於跑進星海集團的總部大樓。
他一邊打給楊明熙，楊明熙還是沒接。
高景海跑到一樓的接待櫃臺前，上氣不接下氣地問：「請問……楊明熙在這裡嗎？」
「您要找誰？」
「楊明熙，星海集團的楊明熙。」
「我們這裡沒有這個人。」

高景海查過了，早苗慈善基金會的地址就在這棟大樓內，他看到一個刷過識別證的男人，並看準閘門打開，但男人還沒走過去之前——衝過去！

「噯！先生！」

櫃臺小姐傻眼，連忙拿起電話叫支援。

高景海衝到電梯廳狂按電梯鈕，但左右兩面總共八台電梯，沒有一台剛好在一樓，於是他跑進逃生梯間，快步往上爬。

「先生！站住！」

後面有警衛在追，櫃臺小姐像喪屍變臉，高景海則像末日逃生似的拚命地往上跑。

他推開逃生門，跑進某一個樓層，這裡剛好是辦公室裡的休閒空間。

陽光從挑高的玻璃窗灑下，綠色植物把這裡布置得像室內叢林，吧檯傳來咖啡香，高景海卻像闖進叢林裡的小白兔，警衛已經透過對講機，對他灑下天羅地網。

「入侵者在那裡！」

「站——住——！」

警衛猙獰的嘴裡噴出口水，西裝筆挺的菁英們都轉頭去看，就在這千鈞一髮之際，高景海看到了站在樓上的楊明熙。

楊明熙也聽到了那一聲「站住」，他不懂公司裡怎麼突然變得這麼熱鬧，但他往下看，正好與高景海對上視線。

高景海跑上樓梯，身後跟著海嘯般的人群，楊明熙怔在原地，身邊那些宛如來押解他的西裝男也跟著停下腳步。

眾人都怔怔看著高景海邁開步伐，像在逃難，也像奔向獵物似的跑了過來。途中，他不小心踩到清潔阿姨正在拖地的水，高景海發出無聲的吶喊，雙手在空中揮舞，拚命制止住腳上的皮鞋，差一點就要滑倒。

楊明熙露出擔心的神情，他身邊那些人則不明所以地皺起眉頭，楊明熙想伸出手去接住差一點就要滑倒的高景海，但高景海抓住楊明熙的西裝領帶——

楊明熙差點也跟著滑倒，他身邊的那些西裝男終於露出驚恐的表情。大少爺這一摔可是不得了！

但高景海不僅抓住了楊明熙的領帶，他還抓住楊明熙的領口。

為了穩住自己，高景海重心往下一拉，楊明熙的頭被慣性往下帶，嘴唇正好貼在高景海的唇上。

楊明熙沒有跌倒，但他因為驚訝而微微睜大眼，很快，他就回想起兩人接吻時的美好。他一把摟住高景海的腰，舌頭撬開高景海的嘴唇，闖入牙關。

高景海也睜大眼睛，對上的卻是閉著眼睛的楊明熙。高景海也回想起接吻的感覺，那種感覺彷彿能讓地球停止轉動，讓他忘了世界……

忘了還有很多人在看。

警衛摀住噴出猙獰口水的嘴，櫃臺小姐露出姨母笑，清潔阿姨露出驚訝表情，所有人都傻住了。

楊董從電梯裡走出來，隔著一個休閒空間，剛好看到這一幕，他對幕僚低聲交代幾句，又轉身走進電梯。

一吻結束，兩人慢慢張開眼睛。

高景海這才意識到自己做了什麼，連忙放開抓住楊明熙領口的手，但楊明熙摟著他的腰的手卻沒放開，因此他依舊靠在楊明熙懷裡。

「我喜歡你義無反顧地奔向我。」楊明熙望著高景海的眼眸，深情地道。

「……」高景海怔住了，腦袋一片空白。

「我就是喜歡你這樣。」楊明熙說完，又低頭吻他。

高景海瞥到了周圍有很多人在看，但他震驚到忘了抵抗。

這一吻也不令人討厭，高景海的睫毛顫抖著，很快就被楊明熙吻得忘我。

如果這是愛情電視劇，現在已經響起音樂，鏡頭跟著旋轉了。

高景海放心地閉上眼睛，因為自己正在楊明熙懷裡，他相信這個男人會擋下一切的……

等一下，他明明是要來問——

「楊明熙，那新聞是你發的嗎？」

高景海瞬間清醒，什麼電視劇的浪漫配樂統統都消失吧！

「你果然還是……」楊明熙話說到一半，就勾起一個無奈的嘴角，「沒關係，反正你還是來找我了。」

「什麼啊……」

「不然呢？」楊明熙湊到高景海耳邊，低聲道：「要我在大庭廣眾下幹你？原來你有露出的興趣？」

「你瘋了嗎？」高景海壓低聲音。

他現在理智已經上線了，這種話不能大聲講。

警衛和櫃臺小姐等人都陸續離場，畢竟高管、老闆都出現了。

「楊明熙，你居然要爭奪星海集團的繼承權？不是說沒興趣的嗎？是被你弟弟氣到，還是你爸？你不要意氣用事，做出讓自己後悔的決定啊！你被人一激，就會做出很極端的事情，市場都在傳你為了爭繼承權，大量買進星海集團的股票，推動股價上漲，但是，我擔心你……」

「哈哈……」楊明熙輕笑一聲，被人擔心的感覺真好，「現在幾點了？」

高景海看了一下手錶，是楊明熙送給他的那支，「十一點半。」

「快到尾盤了，我要去收尾。」

楊明熙留下一個帥氣的微笑，轉身就走。

不甩那些押解他的人，他帶著趙祕書霸氣地走回操盤室。

高景海不知道楊明熙要去哪裡，但他突然想起自己為自己訂下的遊戲規則——不要跟會搞投資的男人在一起。

認識楊明熙後，楊明熙在不知不覺間改寫了遊戲規則。

因為他是主力。

主力冷眼旁觀，主力誘人瘋狂，他們是風險巨浪，玩弄著金錢與慾望。

但有時候，那股帥氣又讓人目不轉睛。

高景海望著楊明熙的背影，久久無法離去。

尾聲

收盤後，高景海很認真地查過盤後資料，比對K線圖，算過籌碼，發現一個驚人事實。

下班後，他來到草叢酒吧，怒吃宵夜。

高景海大口咬下三明治，兩片土司夾著的番茄和生菜都很有份量，不是隨便切幾片而已，中間煎個蛋、灑一點起司和特製香料，香甜入味，蛋黃還會流出來。

「阿海、阿海，我賺錢了，我賺錢了！」酒吧老闆雙手捧著臉頰，「我把星海集團的股票賣掉了！終於賣掉了！你知道我賺了多少嗎？」

「你不用告訴我沒關係……」

「三千塊！三千塊啊，哈哈哈！」老闆仰天長嘯。

高景海露出尷尬又不失禮貌的微笑，「恭喜。」

「可是我又轉念一想，如果它明天漲了怎麼辦？如果他明天跌，我就再接回來，這樣來來回回做，不就可以賺很多次了嗎？阿海，怎麼辦，給我一點建議嘛！」

高景海拉上嘴巴的拉鍊，「我已經下班了。」

「真討厭，你都不教人家投資……」老闆嘟著嘴說話，高景海差點沒把食物吐出來，「說真的，我這樣很厲害對不對？我這樣的新手都可以賺到三千塊了，股票真好賺！」

「我們認識那麼久了，所以……」

「喔喔喔，分析師要開金口了？」

「我只能叫你小心。」

「說那什麼話！」

「你今天賺三千塊，明天就可能把這三千塊賠掉，也有可能你明天多賺一倍，Who knows？沒有人知道明天會發生什麼事。」

高景海現在講話很保守了，他並非要打擊老闆的信心，他只是不想看到更多的人因為股票而失意。

今天是忙碌的一天。

助理們找來星海集團的資料，結合他自己的分析，以直播的方式拍了一支大約四十分鐘的影片，之後會由剪輯師剪成重點精華，並配上字幕特效，而且今天直播時有很多網友參與，也有許多人留言給他打氣。

但高景海現在需要的不是打氣，他只希望大家小心。

這集直播大多是在做基本面分析和產業分析，因此他沒有說，根據盤後資料，星海集團的成交量異常，很大一部分就如他所料，是當沖。

當沖不見得是壞事，但是那麼鉅額的量，總括不是普通人做得出來的。

「不管怎麼樣，有賺到錢就是好事。」高景海舉起酒杯，代表祝福，「恭喜，我是真的恭喜你，希望你玩得愉快，但是不要受傷，所以要小心很多陷阱，外面壞人很多。」

「阿海……」老闆雙手放在胸前，很感動，「原來你這麼為我著想……」

「都朋友一場了——對了，你要不要考慮把三明治放進菜單裡？真的很好吃。」

「我這裡是酒吧，不是輕食店。」

「空腹喝酒不好，如果可以賣一點簡單的輕食墊墊胃，說不定可以開啟新客群。」高景海說的是肺腑之言。

老闆打個了響指，「說的好，噯，你能不能幫我規劃一下？」

「我是變成你的行銷了嗎？」

「不要那麼小氣嘛，叫你推薦股票你又不推……但是沒有你，我也賺錢了！我賺錢了喔，喔呵呵呵呵～」

「你要不要改賣輕食？說不定會變成暢銷品。」

「不要再跟我講三明治了，我這裡是酒吧，不是賣宵夜的！」老闆豎起畫上去的濃眉毛，但不久就眉開眼笑，「不管怎麼樣，我開心！來，今天店裡都我請！大家儘管喝——啊不對，其實我也沒賺多少，大家不能喝！我沒有要請！不要點單！」

就在老闆驚慌失措的時候，一個低沈的嗓音響起、一道帥氣的身影介入。

「那我請吧。」

楊明熙徑直走到吧檯前，來到高景海身邊。一隻手就習慣性地搭在高景海的肩膀上，但又像想起什麼似的，那隻手最後沒有碰到高景海，而是放在吧檯桌上。

「今天晚上的營業額我請了，你叫大家盡量點，不要客氣。」

「啊……你人真好……」老闆的雙眼都要彎成心型了。

「只要不大肆宣揚我的名字，大家開心就好了。」

「不會的、不會的！」老闆立刻拿起酒單，像小仙女一樣雀躍地跑到座位區，「來，大家～想喝什麼盡量點，今天都我請客～點貴一點的、點貴一點！」

「……」高景海看了很無言，「有必要這樣嗎？」

「賺了錢當然要請客啊。」楊明熙面帶微笑，背靠著吧檯邊緣，望向開心起舞的老闆和客人們，彷彿那些人的心情也感染了他，「你一個人在這裡做什麼？」

「什麼做什麼……」高景海面前只有一盤三明治和一杯啤酒，「吃宵夜啊。」

「為什麼沒有找我？還要我傳訊息問你在哪裡，你才肯說？」

高景海不禁覺得好笑，「我為什麼要找你？」

「你不找我沒關係，我完全不在意，但是你不找我的話，你是不是東西吃一吃、喝掉那杯廉價的酒，就要去找人約砲了？」

高景海挑眉，聽出了某些醋意，「這位先生，我明天還要上班，我只是來朋友的店裡吃一盤非常好吃的三明治，當作一天下來的慰勞。」

星期一晚上，草叢酒吧裡的客人比較少，老闆本來星期一不營業的，但因為星海集團股票那件事，他想找人炫耀，便把高景海找來店裡。

大概是草叢酒吧的口碑太好，店門一開、社群貼文一發，就有一些過路客進來了，老闆也就順便營業。

「你要吃的話，我叫老闆做一盤給你，他一定會非常樂意。」說不定還會擅自抬價呢！

「不用了，我不餓。」

楊明熙雙手交叉抱胸，那姿勢由他做起來十分高雅，像個高冷的王子。

高景海粗鄙地吞下一口食物，他自覺跟貴族無緣，「說我約砲……會找人約砲的是你吧？你又不是明天要上班的社畜。把人做到爬不起來，你自己也順便睡到中午才是你的常態。」

「我有一陣子確實是那樣……」

楊明熙太輕易就承認了，那滿不在乎的口氣反倒讓高景海露出訝異的表情。

「真的？你有過那種時期？還是……」高景海也嚐到那口醋意了，「你現在該不會也是這樣……吧？」

「你說呢？」

高景海嚐到被主力倒打一把的滋味了，他吞下一口啤酒，抿了抿唇才道：「楊明熙，我不喜歡跟別人『共用』，你有交往對象的話就早點說，有固砲也可以說，你曾經跟幾個人玩過也順便說，反正……我不喜歡那樣。我們還是可以保持聯絡，氣氛好的時候就來一發，但是……不要再深入了。」

「你今天來的時候，我是真的很高興。」

「……」高景海突然講不下去了，那是黑歷史。

「我們在大庭廣眾下接吻了，不知道謠言會怎麼傳？光想像我就覺得滿有趣的。」

「那是可以用『有趣』來形容的事嗎？真的那麼喜歡有趣的事，不會叫『小姐』過來給你親啊？」

「我還以為我的小姐是你呢！」

某人說起話來毫不害臊，讓高景海無以反駁。

「唉，以後我的相親對象，會不會全都變成董事的兒子或董事本人？我對他們不是很感興趣的說。」

「哈！」高景海笑了一聲，因為楊明熙的話就像在稱讚他自己，「那麼受歡迎，真是辛苦你了。不過那也不錯，可以找到門當戶對的『老公』，現代社會真是越來越多元了呢！」

「我去相親的話，你會跑來鬧場，還是一個人在這裡喝悶酒？」楊明熙笑著問，高景海看到那笑容就有點不爽。

「想知道？」

「嗯。」

那笑容實在太欠揍了，高景海不禁伸手過去拍了拍楊明熙的臉頰，「我會回家繼續工作。」

「啊……真無聊……」楊明熙做出一個失望的表情，但很快又恢復笑容，「你看過盤後資料了？」

「嗯哼。」高景海咀嚼著食物。

「算過籌碼了？」

「一定沒有你們主力算得清楚，但是……」高景海朝楊明熙一瞟，眼神裡有著無奈卻十分佩服，「網路上都在傳，哥哥派為了爭繼承權，所以大量買進股票，導致價格攀升，但如果比對過盤後籌碼，就會發現券商分點[4]的買超張數不多——你都沖掉了，對吧？」

楊明熙嘴角一勾，有一個聊的來的人在身邊就是不一樣，「還有呢？」

「趁大家的焦點都在『星海集團和他快樂的小伙伴』上，大盤翻紅了，但很多股票都跌。這次跌得很蹊蹺，那個量和價像是故意取量下殺，所以我想，是不是有人空單回補[5]了呢？」

楊明熙拿起高景海的啤酒，喝了一口，他眉宇間都是笑意，好像高景海正在對他訴說衷腸，「如果把你介紹到別的地方工作，評價也不會太差呢！」

4 券商分點：證券公司的分行，也就是各地方的營業據點。

5 空單回補：是投資人跟券商借股票賣出，再買回股票，把借的股票還給券商的動作。

「可惜我不需要了，我現在做得好好的，如果以後要找工作，我會自己想辦法的。」

「……」

楊明熙笑而不語，雖然這樣就少了跟他撒嬌的機會，但高景海的獨立也是他會欣賞這個人的理由之一。

「你到底賺了多少，楊明熙？」

「像是，買新聞嗎？」

楊明熙望向高景海，欣賞著高景海皺眉的表情，「我也有是很多成本要付出的。」

「哈哈。」楊明熙笑出聲，「你知道我今天被警察臨檢了嗎？」

「什麼？」

高景海臉上有些擔心，他想起今天早上的新聞。在《星海集團少東系列》裡，有人懷疑這位少東疑似持有毒品，「你老實告訴我，你沒碰吧？」

「碰什麼？」

高景海微微嘛嘴，做作地打了一下楊明熙的手臂，「你明知道我在問什麼！」

楊大少爺就是吃這一套。

「我很想說你就是我的毒品，光是你在這裡，我就想把你吸進去——這樣講會不會太超過？」

「有一點。」

高景海用食指和拇指捏著空氣的「一點點」，兩個人都笑了。

「我沒事。」楊明熙恢復平常的態度，「讓我比較佩服的是，警察居然這麼有效率，一接到報案就趕來，連搜索票都沒開。」

「他們去你家嗎？」

「不，他們跑來總部。如果他們趁我在家的時候來就算了，若真的有那樣的鄰居，誰都會很困擾，但他們跑到星海集團的總部大樓，說早苗基金會裡面有人持有毒品。我都要懷疑是哪個員工了，這不殺一殺怎麼行？」

高景海不知道要擔心還是同情，因為這一聽就像有人故意要搞楊明熙。高景海不能說被人家搞的那一方就完全沒有問題，但如果是員工跟這件事有關、是員工個人的行為造成的，那楊明熙也挺倒楣的。

「然後呢？你讓警察進去了嗎？」

「我叫櫃臺讓他們上來，趙祕書帶他們去參觀，他們拍了幾張照片，說回去寫張單子就沒事了。」

說到這個，楊明熙又想起高景海的壯舉，「很多人想找我，都會跑到基金會，那也是你的目標吧？早苗基金會的地址就在星海集團的總部大樓內，但是我從沒遇過直接闖進來，還非要吻我的人。」

「我下次不敢了。」高景海說的是肺腑之言，跟老闆的三明治能賣一樣真。

「我原諒你，我等著看你下次還有什麼把戲。」

「……」高景海真想挖個地洞躲進去。

「你相信我沒有開毒趴嗎？」楊明熙看似換了個話題，但其實劍指高景海內心的疑問。

他知道那篇報導就人格而言，殺傷力有多高。

高景海沈著氣，他跟楊明熙在週末分別後，楊明熙有很多時間去做他看不到的事，「你可以給我證據，讓我相信你嗎？」

「……」楊明熙沈默了一會兒。

高景海最擔心的，就是……

「趙祕書可以幫我作證，我在開視訊會議，但趙祕書是我的人，你可能會覺得我跟他串供，所以……」楊明熙很認真地思考著，「你要不要跟我回家，霸佔我一整個晚上，證明我沒有去做別的事？」

高景海笑了，笑得眉眼彎彎。

他大口嚼著三明治，吞下去了才道：「我也很想，但我明天要上班。」

「那可以讓我送你回去嗎？」

高景海把盤子裡的食物吃完，點頭說好，楊明熙爽快地結了帳。看到他要走了，一些認出他的年輕小弟弟紛紛露出不捨的表情，包括之前跟他跳過舞的大學生。

高景海裝作沒看見，先走一步，他們要留 LINE、要加好友都不關他的事。

不管他們有沒有加，楊明熙很快就出來了，他在店外追上高景海，拉住高景海的手臂。

「車子在那邊。」楊明熙撇頭示意，「你要讓我送你，對吧？不可以反悔。」

高景海不至於反悔，這才不到五分鐘的時間，如果他反悔就是出爾反爾了，他自己也不喜歡那樣。

「我不是不喜歡你送我回家，只是……我怕會跟你上演拉拉扯扯的戲碼，我會捨不得你離開。」

「那就不要讓我走。」

高景海扯出一個苦澀的微笑，「這怎麼行呢？」

草叢酒吧開在一條小巷弄內，但總括是在精華區，房租並不便宜。四周都沒有人了，酒吧裡的音樂已經被隔音門阻擋。在夜晚的路燈下，高景海發現自己與楊明熙就像兩個夜歸的上班族，他們都穿著西裝，身上都有經歷白天奮戰的疲憊感，都想要找個地方休憩。

但是，他與楊明熙畢竟是不一樣的人。

「你跟我差太多了。」

苦澀的感覺蔓延到心裡，笑容在高景海的臉上慢慢消失，他怔怔地看著楊明熙，看著這個得天獨厚的男人。

「你很好，你什麼都好，對我很好。但是，我們來自不一樣的世界，接下來也會走向不一樣的方向。」

「……」

「我曾經跟老闆開玩笑地說，想要找一個長期飯票，以後就不用那麼辛苦了，但是，當一個優質飯票出現在我面前的時候，我卻不想依靠他，很矛盾對不對？」高景海望著楊明熙，他不知道自己現在的眼神有多深情。

「看到你成功，我沒辦法為你開心，如果我對你說恭喜，那都是違心之論，因為你每一次成功，只會讓你離我越來越遠。」

「……」聽到這種話，楊明熙沒辦法再保持冷靜，「你要因為我做的事、我的出身，來否定我的感情嗎？」

「那你告訴我，我該怎麼辦啊！」高景海握著拳頭，卻沒辦法揮出去，因為當他望著這個男人，他能意識到自己心裡的感情，「我到底要怎麼做才能離你近一——」

楊明熙突然捧著高景海的臉頰，用那令人熟悉的吻截斷話語。

高景海擰起眉，卻接受了那個吻。

他們的關係從接吻開始，所以也應該……

「你要跟我分手嗎？」楊明熙問。

「咦？」高景海愣住。

「你要分手還是表白，可不可以快點說結論？」

「……」

看到臉上微慍的楊明熙，高景海很意外自己能帶給對方這樣的情緒。他不是不知道楊明熙有時候會有一點小任性，但他都當作那是少爺脾氣，他沒想到自己在楊明熙的心裡佔據著這麼重的分量。

「你要表白，我會欣然接受；你要分手的話，我會想辦法把你追回來。」

「……」

他看到這個男人的決心，那堅定的模樣，讓他心動不已。

「我說過，我不會因為短期不順利，就覺得一支股票或一家公司不行了，我是一個很有耐心的人。」

有時候，高景海覺得愛情跟股票很像，大家都想找到穩定交往的對象，都想長期投資獲利。有些人喜歡短進短出，交一個曖昧對象，過沒幾天又換一個。他沒辦法說哪一種比較好，因為就像投資有賺有賠，愛情能長跑，也有人會分手。

「你覺得我是一個適合你投資的標的嗎？」高景海怯怯地問。

「不。」

楊明熙的話讓高景海心裡一沈，但楊明熙臉上泛起微笑，「你是談戀愛的對象。」

「戀愛跟投資不一樣嗎？」

「嗯……」楊明熙作勢想了一下，「一樣都有賺有賠，一樣都有開心跟不開心，但是……我不能跟股票做愛，我可以跟你做啊。」

「你這人……！」

在高景海罵人之前，楊明熙立刻抱住高景海，親吻高景海的臉頰。

像在討好、像在撒嬌，高景海不想承認，但他馬上就氣消了。

「我送你回家，我不上去。」

高景海突然覺得很累，「我家離這裡沒有很遠，走路大概十五分鐘。」

「那我開車載你，不是只要三分鐘嗎？」

「車子是司機開的，謝謝。」

高景海不著痕跡地撥開楊明熙的手，他看到楊明熙的車停在巷子口了。

楊明熙牽著高景海走過去，金司機下車為他們開車門。坐進車子後座，楊明熙馬上又握住高景海的手，彷彿這三分鐘實在太短，他需要好好把握。

「我爸跟繼母結婚的時候，家裡很多親戚長輩都反對，他們認為繼母是把我媽趕走的壞人。繼母帶著兩個拖油瓶過來，他們是不是會影響我在家族裡的地位，很多人都在等著看。」

「……」高景海不懂楊明熙怎麼會突然提起家務事。

「結果，這兩人根本是敗事有餘，不要說影響了，長輩反而更喜歡我了。」

「你在炫耀你很有長輩緣？」

「我想說的是，怎麼都沒有人問過我爸的心情呢？要把一個心愛的女人放在身邊，該有多難啊。」

「……」高景海大概懂了。

楊明熙說完，拉起高景海的手，放到唇邊親吻。

高景海家很快就到了，楊明熙依約沒有糾纏。金司機下車為高景海開車門，但高景海在離去前，回過頭給了楊明熙一吻。

這一吻撬開唇關，闖進濕潤的口腔，舌尖的挑逗令人難忘。

「要等我。」高景海說。

「什麼？」楊明熙有些錯愕，「什麼等你……要我等多久……」

「等到週五啊！」高景海露出笑容，自己總算能捉弄到主力了，「週五來接我，我們一起過週末。」

日後

星海集團召開了法說會，高景海透過直播觀看，並一邊整理重點，等一下要提交給主管和客戶。

一開始是五位高階主管針對公司營運狀況、財務狀況、未來展望等等輪番報告。由於已經有PPT作依據，五位中年男子在台上幾乎是照稿念，他們缺乏抑揚頓挫的聲音埋藏在口罩裡，讓高景海聽到差點睡著。

五位高管講的都是已知，但是投資市場想知道的是未知，將近二十分鐘的「五漢廢言」結束後，就是大家最期待的問答時間了。

「請問哥哥派和弟弟派的衝突是否會影響到公司發展？」

「那個，我是這樣覺得啦，不管哥哥派或弟弟派，大家都是為公司著想，如果你是在我們星海集團任職的員工，你提出來的意見我們都會參考。」

「請問清算泰國資產是真的嗎？」

「那個，市場上有很多謠言，網路上也有很多謠言，我們沒辦法對每一則謠言進行闢謠，但泰國那邊的問題，我們公司內部會開會討論，再決定要怎麼做，最後一切都遵照法律程序，該遵守的我們都會遵守。」

高景海拿起手機，傳訊息給楊明熙：『**星海集團在開法說會，你有在現場嗎？**』

楊明熙傳了一張咖啡放在桌子上的照片。

高景海不敢小看那個杯子，因為後面是廣闊的地平線，再過去就是海，表示這位少爺不知道又在哪裡享受他的人生了。

高景海傳了一張「羨慕」的貼圖，就把目光放回電腦前。

這天，他要下班的時候，手機裡忽然收到一封未知號碼傳來的簡訊，上面寫了日期、地址和時間，希望他可以到現場一趟，有事相商。

高景海一開始以為這是詐騙簡訊，本來不想理會的，但是因為上面有地址，他把地址輸入地圖，發現那是一間高級日式料亭。

「太奇怪了，現在的詐騙集團還會請吃飯嗎？」

高景海按耐不住好奇心，下班後騎著機車到了那裡。

一走進店裡，穿著和服的女將就迎上來，施以謙恭有禮的微笑並鞠躬。

高景海出示手機，給女將看那封來路不明的簡訊後，女將了然於心地請高景海入內。

高景海被帶到一間包廂，榻榻米古色古香，牆上掛著水墨畫軸，長方形的和室桌椅只留下了面對面的兩個座位，桌上已經擺好了餐點。

因為一切都很日式，讓人不禁拘謹起來。

「請用餐。」女將說完就離開了。

高景海還來不及問這一餐是誰請的，女將就已經關上了拉門。

高景海姑且先坐到客人的位置，但他不敢動筷，正當他想著「喝一口茶應該不會怎樣吧」的時候，拉門開了，在女將的帶領下，一名貴婦走了進來。

高景海瞬間怔住，想伸向茶杯的手立刻縮回來，在大腿上放好。

徐淑雅坐到主人的位置，女將退下，略施脂粉的她穿著深紫色的洋裝，有一種神祕感。

「肚子餓了嗎？餓了你可以先吃，剛下班就趕過來，辛苦你了。」

高景海本能地豎起防衛心，這可能是鴻門宴，「請問您有什麼事，要找我商量嗎？」

「我想問你一件事。」徐淑雅從名牌包裡拿出一個紅包袋，「請問你要多少錢，才肯離開明熙呢？」

「咦？」高景海愣住，眼眶因為驚訝而睜大，同時心裡也怦怦跳。

這……這就是有錢人的保守嗎？

要用錢來打他的臉了嗎？

「你開一個數字，我來想辦法。」徐淑雅把紅包袋放在桌上，接著拿出了一支筆和一張空白支票，「你可能會覺得很奇怪，這種事怎麼會是我來談，這是因為我先生身體不舒服，才會由我出面。」

「……」

「你應該能聯想到自己的作為了吧？」

沒錯，高景海能想到，八成就是在他在星海集團總部大樓的那段黑歷史被看到了。

楊明熙不在意，甚至還拿來開玩笑，但楊明熙身邊的長輩可不一定。

「你需要時間思考的話，要不要一起用餐？其實我也還沒吃晚餐，現在也很餓呢！」徐淑雅說完就拿起筷子，夾了一片生魚片。

生魚片鋪在碎冰上，碎冰都還沒融化。

高景海心裡很佩服這個女人，她沒有一上來就像凶巴巴的惡婆婆，她盡了禮數、盡了主人之誼，把談判場合選在這種容易讓人感到拘謹的地方，不僅彰顯她的財力，還讓「禮」形成沈默的框架，壓在高景海背上。

楊明熙不僅是長子，他還是楊董目前唯一的兒子，可以說是「獨子」。這樣的獨子生活在上流社會，怎麼可能過得無拘無束，一點限制都沒有呢？

再說，空白支票都拿出來了，就算不談禮儀、道德、傳統這些東西，高景海也能猜到接下來的發展。

高景海拿起茶杯，喝了一口。他問自己，如果楊明熙在這裡，他會怎麼做？

徐淑雅安靜地用餐，高景海的手機因為訊息而震動了幾次，但他都沒有看。

——楊明熙會怎麼做……？

「我想好了。」高景海輕輕放下茶杯，「三億。」

「……」徐淑雅彷彿沒聽見。

「這數字有點誇張，不然，給我六百萬，這你們應該付得起，但是，我會把這件事告訴楊明熙。」

徐淑雅低頭吃飯，聽到高景海這麼說的時候，眉頭動了一下，但她抬起頭來時，臉上又是得體的微笑，「你說什麼？」

「我可以拿你們的錢，但是我依舊會出現在楊明熙面前，所以，我為什麼不拿錢呢？這時候不應該思考要錢還是要人，應該思考的是，怎麼樣才能讓我自己的利益最大化。」

「……」徐淑雅拿紙巾擦了擦嘴角。

「拿錢乍看之下是短期最有利的解答，畢竟那麼多錢，我就可以辭職回家專心炒股了，但是就長期投資來說，我覺得跟楊明熙在一起比較划算。誰說做短線的人就不能做長線？或是長期投資，短期就不能買賣呢？」

「……」徐淑雅的臉色僵硬，她喝了口茶來掩飾。

「小孩子才做選擇。」

「……所以……」徐淑雅又用紙巾來掩飾嘴角，「你的意思是……」

「我可以跟妳吃這一頓飯，但是我不會拿妳的錢，我也不會跟楊明熙分手，如果這是妳先生的意思，請他自己來見我。」

徐淑雅嘆了一口氣，「沒想到你是這種人……把你放在明熙身邊，太危險了。」

「那是妳的意思，還是妳先生的意思？」

「是我先生說的。」徐淑雅放下紙巾，「明熙是個好孩子，但我不了解他，最了解他的人是我先生。」

老實說，這幾分鐘相處下來，高景海不覺得楊明熙的繼母是壞人。

「我會把你的話轉達給我先生，這頓我請，你慢用吧。」徐淑雅把桌上的紅包袋、筆和空白支票收回名牌包裡，起身離開。

包廂裡剩下高景海一人，但高景海還是不敢吃，他拿出手機，發現楊明熙傳了幾條訊息。

『下班了嗎？』

『在做什麼？』

『忙嗎？』

高景海拍下桌上的美食傳給楊明熙，然後才像獲得許可（保護？）似的開吃。

吃到一半，楊明熙打電話來。

『你在哪裡？跟誰吃飯？』

「客戶，」高景海回答，「有人請我吃飯。」

『跟客戶吃飯可以吃到一半接我電話？』

「……」高景海在心裡罵這傢伙的敏銳。

跟客戶吃飯當然不能隨便接電話，除非真的是很重要很重要的電話。

「我臨時跑出來接的，馬上就要回去了。」

『不是跟客戶吧？』

「我自己來吃美食，不行嗎？」

『……要我去接你嗎？』

「不用了，我騎車來的。」高景海一邊吃著生魚片，肉質很新鮮，「明熙，我好想趕快見到你。」

『發生什麼事了？』

「沒事，就是想見你。」

想見你，想待在你身邊……

想告訴你我有多喜歡你，想讓你知道你的關心對我來說有多重要，是我每一天都很期待的事情。

「想讓你的肉棒插進來，我好想念它。」高景海低語。

說完，他很期待楊明熙的反應。

楊明熙等了一會兒，才道：『你能說這種話，表示你旁邊一定沒人了。我也好想插進去，給我地址，我去接你。』

「嗯～不行。」

楊明熙的繼母會來這間店，代表楊家的人可能都是這間店的常客。楊明熙在獲知地址後，只要問店員就知道他跟誰見面了。他不想成為楊明熙的負擔。

「我吃完就回去了，先掛了喔，晚安。」

高景海放下手機，筷子掃過盤子，這種店他平常不會來，既然有機會當然要好好享用。

他一邊吃，一邊貼圖給楊明熙——『**愛你**♡』

——《愛情有賺有賠》完

後記

謝謝你跟我一起來到第二集，也非常感謝本作的繪師 Gene 老師，為角色們繪製了這麼豐富的畫面。謝謝朧月出版的各位合作伙伴，讓這本書得以付梓。

這部是華文原創作品中非常少見，甚至獨一無二的題材，所以有出版社願意讓這樣的題材呈現到市面上，提供給讀者小伙伴們一種不一樣的選擇，我非常感謝。

首先要提醒大家，本書的內容純屬虛構，如有與現實雷同純屬巧合，你可以當作我在寫奇幻小說。雖然是虛構的，但我寫的過程中找了很多參考資料，像 Youtube 上有很多教學影片，我都看了不少。

其實我幫楊明熙設計了一個非常狗血的身世背景，其中的關鍵人物就是他的生母。不知道未來有沒有機會寫出來，所以我就在這裡講講他們的故事。

因為已經離婚了，我們就不叫她「楊媽」，而是叫她「明熙媽」。

明熙媽是一個交友廣闊，愛社交、愛跳舞的人，她天性浪漫，雖然認識了一個姓楊的小伙子，但她不願意走入政治婚姻。

最後不得已，她還是走入了，於是她在新婚蜜月去歐洲的時候，趁楊董忙於公事，跑去找認識的富二代玩。這位富二代是義大利黑手黨的少爺，其實楊董也認識，他們三人是大學同學（大學真是建立人脈的好地方）。

明熙媽主動向楊董攤牌，你頭上綠綠的了，我們離婚吧！但楊董不願意離婚，一來是娘家的資源很香，二來是生下的楊明熙很可愛。

楊董的個子不高，其貌不揚，但楊明熙長得唇紅齒白、黑髮牛奶膚，一雙大眼睛特別漂亮。

明熙媽看不起這樣的男人，哪有人被綠了還能「忍辱負重」的？還是不是男人？但楊董不這麼認為，他解了一時之氣，卻可能破壞楊明熙的童年，再說，娘家的資源很香。

時光飛逝，明熙媽繼續馬照跑，舞照跳，楊董則用最好的資源栽培楊明熙，希望在每個環節上做到最好，他也花時間陪伴楊明熙成長，才會有在故事中寫到的，他幫楊明熙簽聯絡簿的事。

楊明熙不負眾望，成長為一位翩翩貴公子，但他的個性不知道遺傳到誰，「天生就很聰明，腦筋轉得快，而且，懂得使壞」。

我認為楊董其實也符合這樣的描述，他可以「忍辱負重」把孩子養到這麼大，不就是因為他聰明，知道娘家資源很香嗎？（要強調幾次？XD）

明熙媽沒有放棄跟楊董離婚，最後終於被她抓到楊董跟祕書外遇，甚至有私生子，這位祕書之前也離過婚，這樣的名聲在上流社會是很難撐下去的。

楊明熙高三那年，楊董終於同意離婚，但是他希望等楊明熙考完試，不要影響到孩子的心情。楊明熙直到一切塵埃落定才知道這件事，當時，他面臨人生重大的選擇之一，要留在爸爸這邊，還是媽媽那邊？

楊明熙最後選擇留在爸爸這邊，理由是生長環境比較熟悉，但明熙媽的娘家不願從此切斷關係，可能是因為這時候楊董已經把星海集團搞大，作為投資人的岳父覺得可以收割了，或者是楊明熙的資質太好，娘家希望栽培他。

總之，楊明熙和兩邊的長輩都保持著良好互動，聖誕節到跨年去找外公、生母，農曆新年跟爸爸這邊過。兩邊的長輩都會給他錢，還有那條神祕的歐洲線，我相信楊明熙的投資之旅會越來越順利。

以上就是關於角色的腦洞，再次感謝看到這邊的你。

歡迎你到我的臉書（@parker097）、IG（@animia097）、噗浪（@animia）找我玩。

我們下個故事再見！

子陽

二〇二二年夏

高寶書版集團
gobooks.com.tw

FH051
愛情有賺有賠（下）
作　　者　子陽
繪　　者　Gene
編　　輯　陳凱筠
設　　計　林檎
排　　版　彭立瑋
企　　劃　李欣霓

發 行 人　朱凱蕾
出　　版　朧月書版股份有限公司
Hazy Moon Publishing Co., Ltd
地　　址　臺北市內湖區洲子街88號3樓
網　　址　www.gobooks.com.tw
電　　話　(02) 27992788
電　　郵　readers@gobooks.com.tw（讀者服務部）
傳　　真　出版部　(02) 27990909　行銷部 (02) 27993088
郵政劃撥　19394552
戶　　名　朧月書版股份有限公司
發　　行　朧月書版股份有限公司 / Print in Taiwan
初版日期　2022年11月

國家圖書館出版品預行編目(CIP)資料

愛情有賺有賠/子陽著.-- 初版. -- 臺北市：朧月書版股份有限公司出版：英屬維京群島高寶國際有限公司臺灣分公司發行, 2022.11-
面；　公分. --

ISBN 978-626-7201-13-8(上冊：平裝). --
ISBN 978-626-7201-14-5(下冊：平裝). --
ISBN 978-626-7201-15-2(全套：平裝)

863.57　　111015152